duas
vidas
e um
propósito

Sheily Takeda

duas vidas e um propósito

Quando os planos de Deus
vão além do que se espera

São Paulo, 2020

Duas vidas e um propósito

Copyright © 2020 by Sheily Takeda
Copyright © 2020 by Novo Século Editora Ltda.

PREPARAÇÃO: Letícia Teófilo
REVISÃO: Paideia Projetos Especiais – Edilene Santos
CAPA: Bruna Casaroti
DIAGRAMAÇÃO: Equipe Novo Século

A Bíblia usada como referência nesta obra foi a Nova Versão Internacional (NVI).

Texto de acordo com as normas do Novo Acordo Ortográfico da Língua Portuguesa (1990), em vigor desde 1º de janeiro de 2009.

Dados Internacionais de Catalogação na Publicação (CIP)
Angélica Ilacqua CRB-8/7057

Takeda, Sheily
Duas vidas e um propósito : quando os planos de Deus vão além do que se espera / Sheily Takeda. -- Barueri, SP: Novo Século Editora, 2020.

1. Literatura cristã I. Título

19-2377   CDD B869.3

Índice para catálogo sistemático:
1. Literatura cristã

TALENTOS DA LITERATURA BRASILEIRA
uma marca do grupo novo século

GRUPO NOVO SÉCULO
Alameda Araguaia, 2190 - Bloco A - 11º andar - Conjunto 1111
CEP 06455-000 - Alphaville Industrial, Barueri - SP - Brasil
Tel.: (11) 3699-7107 | E-mail: atendimento@gruponovoseculo.com.br
www.gruponovoseculo.com.br

Agradeço primeiramente ao meu Deus, por tudo que fez por mim e pela graça de poder mostrar o seu amor e grandeza a tantas pessoas por meio desta obra.

Sem Ele eu nada seria.

Agradeço imensamente ao meu querido esposo, o pastor Rodineli, pelo amor, compreensão e carinho dedicado a mim nesses dezesseis anos de casados. Se não fosse você, com sua paciência e alegria, nada disso seria possível.

Agradeço a Deus pelas minhas filhas amadas: Gabrielli, Emanuelly, Maria Luiza e a pequena Giovanna, que fazem a minha vida melhor. Vocês são o tesouro mais precioso que Deus poderia me entregar.

Agradeço a minha família e amigos por todo apoio e oração pela minha vida sempre.

A minha prima Danielle, que me ajudou, orientando e revisando o texto por noites a fio. Você é demais!

A todos os intercessores anônimos, que têm cuidado da minha vida em secreto, levando-me à presença do Papai toda noite. Vocês são o motivo desta obra ser concluída.

Que Deus em sua infinita misericórdia continue usando a vida de cada um, como Ele quiser, para ser parte do meu ministério nesta nova etapa da minha vida.

Com eterna gratidão!

Agradeço a Deus por me dar a oportunidade de conviver com minha tia Cris, que partiu ainda tão nova com o Senhor e nos deixará cheios de boas recordações. Um dia nos veremos novamente na Glória.

AO LEITOR

Nossa vida é passageira. Nessa terra, nunca saberemos o dia da nossa partida nem a dos nossos entes queridos. Viver uma vida intensa com amor, fidelidade a Deus e fé é para poucos.

Nesta obra, falaremos sobre o amor, a fidelidade, as perdas, as tribulações, a perseverança e principalmente sobre a fé.

Uma história de amor que nem mesmo a distância pôde deter.

Uma história, um propósito, duas vidas.

Sarah, uma mulher forte e linda, teve seu casamento destruído por um trágico acidente, o qual acabou por matar seu marido, deixando-a viúva, com uma bebê nos braços e sem esperança de algo novo para sua vida.

Paul, um homem bem-sucedido, porém afastado da casa de Deus. Uma vida amorosa conturbada, nunca encontrara alguém a quem realmente amasse.

Duas vidas e um propósito.

Deus não vai te tirar da tribulação, mas estará te sustentando em todo o processo. No fim, você sairá vitorioso!

CAPÍTULO I

O sol da manhã irradiava pela janela do meu quarto. Abri os olhos e percebi que tinha deixado a cortina aberta, por essa razão clareava todo o cômodo, fazendo-me despertar. Levantei-me ainda meio sonolenta. Como estávamos no inverno, o frio era intenso e a vontade de dormir um pouco mais era maior; porém fazia um dia tão belo, com o astro rei brilhando em seu esplendor, que não consegui continuar dormindo. Sair da cama parecia ser uma tarefa impossível durante essa época do ano. Enquanto fazia minhas tentativas, olhei no relógio. É incrível como as horas voam quando você não está disposta a sair de casa. Observei as ruas congeladas. O sol parecia não surtir efeito perante o frio sufocante do inverno japonês. Mas o que me chamou a atenção foi o fato de os pássaros cantarem, emitindo um som que mais parecia um acorde especial, mesmo em temperaturas quase negativas.

O pensamento que veio na hora foi o quão maravilhoso é o Senhor, me presenteando com essa riqueza logo ao despertar.

– Obrigada, Senhor, pelo despertar, pela paz e descanso que me proporcionou hoje. Tomar um copo de café com leite ao acordar é só o que eu preciso; aliás, mais leite do que café.

Esse detalhe me fez rir.

Aquele parecia ser um dia comum, como qualquer outro, desde o fatídico dia que me deixara marcas profundas na alma. Mas esse é um assunto para depois.

Após me arrumar, cuidar da minha filha e pegar as chaves, lá vou eu correr, pois já estou quase atrasada, como sempre. *Graças a Deus que nesse horário o trânsito já está bem melhor!*, pensei, meio nervosa. E ainda tinha que deixar minha filha na creche.

Depois de estacionar, peguei minha bolsa correndo, me esquecendo de fechá-la com cuidado, disparando em direção à empresa de cabeça baixa. Já próximo da portaria, trombei com uma pessoa que estava passando. Tamanho foi o choque e o susto, quase não consegui levantar. Uma voz masculina falava comigo, mas, como ainda me sentia meio zonza, não consegui pensar direito. Enquanto sentia meu coração pulsando descontroladamente, era possível enxergar uma mão em minha direção, com o intuito de me ajudar.

Um homem alto, cabelos loiros, jogados de lado, olhos azuis, que mais pareciam o céu. Aquele rosto parecia ter saído de uma capa de revista, só que de uma revista executiva. Ele falava comigo, olhar preocupado, e tentava me ajudar a pegar minhas coisas e me levantar.

Quando por fim foi possível respirar e controlar meu nervosismo, ante aquela imagem que me paralisara, me recompus e já ouvi:

– Oi. Tudo bem com você?

Meio envergonhada, devido ao incidente que, com toda certeza do mundo, foi causado por mim, respondi:

– Tu-tudo bem. Me desculpa o inconveniente! – falava eu gaguejando devido ao nervosismo do momento.

– Imagina! Eu que peço desculpas. Estava andando meio distraído e não percebi a sua presença... Desculpe pelo café na sua roupa.

Até ali nem percebi que tinha tomado um baita banho de café, antes de ele falar.

E agora? Como vou trabalhar assim?, pensei.

– Então somos dois, pois eu, na pressa de entrar, também não olhei para onde estava indo e acabei por causar esse infortúnio. E não se preocupe com a mancha, eu dou um jeito.

Meu coração, a essa altura, já estava quase saindo pela boca, a cada palavra que ele dizia, meu corpo todo tremia, inebriada com aquele cheiro que pairava no ar, como que me chamando. A luz do sol era um fundo de tela para aquela pintura tão fascinante que permanecia à minha frente.

Perdida em meus pensamentos, não percebi que as horas voaram. Estava mega-atrasada e perdida, sabia que levaria uma baita bronca da chefe, com toda certeza.

– Me desculpe, preciso ir! Não posso perder meu emprego, em hipótese nenhuma – despejei já andando, quase correndo.

Nervosa, não conseguia raciocinar direito nem dei tempo de ele responder. Só o ouvi dizer apenas "tchau". Depois daquela manhã, o dia parecia interminável. As horas não passaram como de costume e meus pensamentos estavam longe.

– Ei, dá pra retornar pra Terra? – chamou minha chefe, meio irônica, já percebendo que algo tinha ocorrido.

– Ahn... me desculpe, tive um contratempo essa manhã que me deixou meio abalada.

– O que foi? Viu o príncipe encantado? – debochou ao mesmo tempo em que dava uma risada irônica.

– Príncipe não, mas... deixa pra lá, só um desastrado como eu. Aliás, ele me deve uma camisa limpa! – Ri, meio sem graça. – Mas vamos voltar ao trabalho, que ainda faltam algumas horas para terminar.

No fim da tarde, após a longa jornada de trabalho, saí e fui até a creche buscar minha filha Zoe.

Zoe é uma linda menininha de 3 anos, de cabelos claros, meio encaracolados, iguais aos do pai. Era uma garotinha de olhos grandes e castanhos e de uma meiguice fora do normal.

Apesar do sofrimento visível, era encantadora e tinha um sorriso que fazia com que a menor gota de tristeza evaporasse no ar. Com a ausência do pai, ela se fechou. Fora tagarela e gargalhava muito, mas, agora, é retraída e só fala o essencial, o que é estranho para uma garotinha.

Ao me ver chegando na creche, praticamente pulou do colo da professora e saiu correndo ao meu encontro gritando:

– Mamãe, mamãe!

E aquela vozinha fazia com que qualquer problema sumisse, mesmo que por um instante.

– Zoe, meu bebê, tudo bem?
– Sim, mamãe, estava com saudades.
– Eu também, minha princesa. Vamos embora?

Zoe saía me puxando pela mão em direção ao carro, com sua mochila, enquanto apressava o passo. Não víamos a hora de chegar em casa e passar um tempo juntas, só nós duas.

Era nosso momento de brincar, ouvir música, cantar e no fim do dia, após o cansaço, uma linda história bíblica para Zoe cair no sono profundo até o dia seguinte.

Quando Zoe foi dormir naquela noite, fui cuidar de alguns afazeres que toda dona de casa precisa fazer: lavar as roupas, a louça, guardar os brinquedos espalhados pela sala...

Com tudo no seu devido lugar, tomei um banho quente demorado e me deitei para ler um bom livro. *O salvador mora ao lado*, de Max Lucado, era um título maravilhoso, que eu amava. Ele traz uma mensagem esplêndida sobre o quão perto o nosso Salvador está de nossa vida, basta confiarmos Nele. Mas essa noite não foi como todas as outras. Eu virava e mexia e a imagem daquele "homem do café" me vinha à mente. Depois de horas tentando dormir, enfim consegui.

CAPÍTULO 2

– Mamãe, acorda! – Zoe gritava me chacoalhando.
– Que foi, Zoe? Ainda é cedo e hoje você não vai pra creche, filha. Deita aqui com a mamãe.
– Não, mamãe, eu quero ir brincar no parque.

Sem mais alternativas para continuar deitada, fui obrigada a levantar cedo em pleno feriado. Já tinha se passado alguns dias do ocorrido, porém a imagem daquele homem continuava vívida em meu pensamento. Como poderia uma pessoa que vi apenas por um breve período de tempo, que não conhecia, ter mexido tanto comigo daquele jeito? Era como se aquele rosto, me fosse tão familiar, tão próximo e, ao mesmo tempo, tão distante.

Mesmo com aquele desejo de ficar na cama, levantei-me e preparei o café da Zoe. Cafeteira ligada, fui lavar o rosto na tentativa de conseguir despertar. Depois do café, de cabelos penteados e devidamente arrumados, dentes escovados e bolsa no braço, lá estávamos nós indo para o carro, prontas para sair.

O sol estava a pino. Brilhava tanto que já nem estava sentindo tanto frio. Zoe gostava de brincar no parque, não muito longe de casa, onde havia vários brinquedos e um escorrega gigante. Ela me fazia subir horrores de degraus para descer com ela. No fim do dia, eu sempre estava com o bumbum dolorido dessa maratona, mas só em ver o sorriso no rosto da minha princesa, já valia a pena tudo aquilo.

Foi uma manhã extremamente maravilhosa. O tempo passou voando. Só me dei conta da hora quando Zoe reclamou de fome. Olhei o relógio e me assustei: já passava de 1 hora da tarde e mesmo com os biscoitos que levei para ela comer, já era bem tarde para almoçar.

Decidi, então, que íamos almoçar fora, em um restaurante que ela amava, um restaurante japonês que tinha seus pratos preferidos: furaido chikin, sushi, makizushi e batata frita.

O caminho até o restaurante foi regado de muitas risadas, e algumas músicas infantis cantaroladas que ela amava. Desde o "Homenzinho torto", da Aline Barros, até o "Zum, zum, zum, zum", da Cristina Mel. A paisagem deslumbrante, nos agraciando com árvores gigantescas e folhas em vários tons de amarelo.

A cada rua, uma paisagem diferente. Casas antigas que mais pareciam ter saído de um filme de época. Ao chegar ao restaurante, precisamos esperar alguns minutos, pois, como sempre, estava lotado.

Mesas em detalhes antigos, alguns enfeites dando vida ao ambiente rústico, tudo bem colocado, nos deixava bem à vontade ali. Luzes baixas, sofás que mais parecia daqueles filmes velhos de Hollywood.

Passados uns dez minutos, aproximadamente, nos chamaram pra sentar numa mesa quase de canto, perto da janela de onde se podia ver quase em trezentos e sessenta graus todo o lugar.

Zoe se acomodou de frente para a janela, e eu virada para o salão, onde se podia ver cada movimento de quem passasse por ali.

Coloquei a bolsa ao meu lado, agradeci a garçonete e avisei que assim que escolhesse algo eu a chamaria. Logo a seguir, grande foi a surpresa. Meu coração começou novamente a bater descompassado, desesperado. *Ele* estava na mesa quase à minha frente junto a alguns outros homens, conversando, comendo e dando risadas. Aquele sorriso me deixou no chão.

Permaneci ali, olhando, não sei por quanto tempo. Eu parecia uma estátua, só me diferenciava pelos batimentos acelerados do meu coração. De tão hipnotizada, não percebi que ele tinha me notado. Ele se levantou, andou em minha direção, chegou bem perto e, para minha surpresa, falou comigo.

– Oi, tudo bem? A mancha de café saiu da sua roupa? – deu uma leve risada.

– O-oi – gaguejei de nervoso e percebi que minha cara não condizia nada com minha boca.

– Estou bem, sim. E a mancha saiu. – Ri, meio envergonhada.

– Mamãe, tô com fome – reclamou Zoe.

– Ela é sua filha?

– Sim. Esta é a Zoe, minha princesa – falei apresentando minha filha a ele.
 – Olá, Zoe! Que nome lindo você tem!
Zoe ria como que se ele dissesse a palavra mais bonita da vida dela.
 – Você sabe o significado do seu nome?
Zoe balançou a cabeça negativamente.
 – Zoe significa vida, e com certeza descreve muito bem você. O meu é Paul. Prazer em te conhecer, princesa Zoe.
Zoe ria e fazia palhaçada para chamar a atenção dele. E enquanto terminava a apresentação entre Paul e Zoe, ele se virou para mim e continuou:
 – Prazer te conhecer – apresentou-se levando a mão à frente, para apertar a minha.
 – Prazer, Paul! Meu nome é Sarah.
Enquanto ele apertava minha mão, parecia que meu coração sairia do peito, principalmente pela maneira como ele fixava seus olhos profundos em mim. Por mim o tempo poderia parar, congelar; eu ficaria assim com aqueles olhos azuis celestes olhando os meus, como se não houvesse nada nem ninguém além de nós.
 – Você é casada? – perguntou ele.
 – Fui... Meu marido faleceu há pouco mais de um ano.
O silêncio pairou no ar. Ele desfez o sorriso e agora falou sério.
 – Me desculpe. Acho que fui indelicado.
 – Sem problemas. Um dia isso ia ter que acontecer. A parte triste, graças a Deus, já passou. Agora é seguir em frente, porque tenho uma filha para criar.

– Me desculpe qualquer coisa. Agora preciso ir, meus amigos estão me esperando para irmos embora.

– Tudo bem – assenti dando um sorriso meio decepcionado.

Antes de sair, ele tirou um cartão do bolso e me entregou.

– Este é meu número de telefone. Caso não for inconveniente e se você quiser sair comigo pra gente conversar e tomar um café, me ligue. Aguardarei ansioso.

Ele saiu sorrindo. Aquele sorriso que fazia uma leve covinha em sua bochecha. Balancei a cabeça positivamente, mas não falei nenhuma palavra. Por dentro, estava gritando de alegria, dizia "Sim, sim, com certeza, sim!". Porém não disse uma só palavra. Voltei para casa radiante aquela tarde. Era uma sensação que fazia tempos que eu não sentia. Mas ao me lembrar de que fazia pouco mais de um ano da morte do meu marido, meu semblante mudou completamente.

De joelhos no meu quarto, naquela noite, comecei a chorar e falar com Deus.

Deus, Tu sabes tudo que eu passei desde a morte dele, sabe o quanto eu e Zoe sofremos. Hoje, senti algo diferente, uma sensação que fazia tempos não sentia, mas o medo de sofrer, o medo de não ser da Sua vontade, de me decepcionar... Tantos sentimentos, tantas emoções, eu não quero errar, não quero me apressar. Que seja feita a Tua vontade, Senhor.

Se realmente for isso que o Senhor quer para mim, tire esse sentimento de culpa que cisma em voltar de vez em quando. Cuida do meu coração e que jamais, jamais, eu saia do centro da Tua vontade. Amém!

Fui me deitar. Tentei dormir, porém eram muitas emoções que borbulhavam dentro do meu peito e ficara impossível dormir. Acabei pegando no sono horas depois, em meio às lágrimas, às memórias, aos meus sonhos e desejos.

CAPÍTULO 3

Já havia se passado um mês mais ou menos desde o nosso encontro no restaurante. Era semana de Natal e a Zoe e eu estávamos nos divertindo, arrumando a decoração da nossa casa. Os enfeites em uma pequena árvore no canto da sala, feitos por nós duas, davam um toque especial. Comprei alguns presentes para ela e os coloquei com bastante cuidado.

– Zoe, você sabe por que ganha presentes no Natal?

– Porque eu fui boazinha e Papai Noel trouxe pra mim?

– Não, minha pequena. Quem foi que te disse isso?

– Foi minha professora, mamãe.

– Minha filha, nós cristãos comemoramos nesse dia o nascimento de Jesus. Mesmo sem saber a data certa, nós comemoramos nesse dia.

– Então é o aniversário Dele, mamãe?

– Sim, minha querida, deveria ser, pois o maior presente que um pai dá aos seus filhos foi nos dado por Deus. Ele nos deu seu filho, Jesus, para que hoje pudéssemos comemorar esta data tão importante! E a mamãe te compra presentes para que você se lembre sempre de que o maior presente é Ele. Não existe presente maior e mais importante do que a vida de Jesus dentro de você. Quanto mais amor você dá, mais amor você recebe de Jesus.

E naquele clima festivo, com muitas brincadeiras e risadas, fui abrir minha bolsa para pegar algo e me deparo com o cartão. Um misto de sentimentos começou a tomar conta de mim, era uma mistura de alegria, preocupação, euforia, inquietação e tantos outros sentimentos num mesmo momento. Peguei o celular, digitei os números, mas não me sentia segura em completar a ligação.

Digitei e apaguei várias vezes, tentando criar coragem. Numa dessas, acabei apertando "ligar" em vez de "apagar".

– O que foi que eu fiz? Ai, meu Deus! Agora já era, vou ter que criar coragem e falar.

Enquanto o telefone tocava, meu coração disparava. A ligação caiu na caixa de mensagens.

Não sei se eu fiquei mais frustrada ou aliviada por ele não atender minha ligação.

– Bom, se não atendeu, é porque não é pra ser. Deus sabe tudo que faz.

Coloquei o telefone em cima da mesa e fui terminar o jantar, com uma certa frustração.

Enquanto eu estava na cozinha, escutei Zoe conversando e dando risadas na sala. Achei que poderia ser o desenho que eu coloquei para ela assistir, mas me pareceu que tinha alguém falando com ela. Larguei tudo e fui ver o que seria. Para minha surpresa, ela estava com meu celular, falando com alguém que eu não sabia quem era.

— Quem é, Zoe?

— É o seu amigo do restaurante, mamãe, ele quer falar com você.

Meu coração acelerou nessa hora, minhas mãos gelaram e, meio trêmula, peguei o telefone da mão da Zoe.

— Alô.

— Oi, estranha, como vai?

Ele falava dando uma risadinha meio cínica, pois eu demorei mais de um mês para ligar pra ele.

— Oi! Estou bem! Desculpa te ligar nesse horário, talvez você esteja ocupado, pois não atendeu à ligação. Não se preocupe, não irei mais te incomodar, ok?

— Ei, ei! Para aí, quem foi que te disse que está me atrapalhando? Eu não atendi porque estava tomando banho, só por isso. Aliás, achei que nunca iria me ligar, já estava quase desistindo.

Aquela risadinha continuava.

— Desculpa, quando se tem criança em casa, fica difícil pensar em qualquer coisa. Eu, na verdade, estava em dúvida se ligava ou não. Depois de tanto tempo, talvez você nem queira mais jantar comigo.

— Você acha que eu estava brincando quando te passei meu número? Eu não estava brincando. Eu realmente gostei muito de você e queria uma oportunidade para te conhecer melhor.

— Minha vida é bem chata, você vai desistir na primeira tentativa.

— Vou te provar que não.

Aquilo foi inesperado. Algo que eu não sentia havia muito tempo surgiu. Alguém que se importava comigo e queria a minha companhia.

Bom, não custa tentar, quando ele ver que minha vida não é como a dele, logo ele desiste.

– Quer vir jantar aqui em casa hoje comigo e com a Zoe?

– Uau, vou jantar com duas lindas mulheres? – ele continuou rindo com a brincadeira.

– E aí, acha que está preparado?

– Que horas quer que eu chegue aí?

– Vamos jantar às 7. Pode chegar um pouco antes.

– Ok, me envie o endereço por mensagem. Quer que eu leve alguma coisa?

– Não precisa trazer nada.

Nesse momento Zoe escutou e gritou:

– Traga suco de uva pra mim!

Ele rindo, ao ouvir os gritos dela, disse:

– Fale pra Zoe que levarei o suco.

– Não precisa trazer! Às vezes ela extrapola um pouco – comecei a rir junto com ele.

Passei a mensagem com o endereço e fui terminar o jantar, tomar banho e dar banho na Zoe. Exatamente às 6h45 a campainha tocou e meu coração mais uma vez disparou. *Será possível que toda vez vai ser assim? Estou parecendo uma adolescente apaixonada!*

Zoe foi correndo abrir a porta e quando ela abriu, ele estava deslumbrante, parecia mais uma visão.

Vestido com um terno cinza, camisa branca, cabelo penteado para o lado, onde a luz batia e refletia o dourado dos fios loiros. Eu já nem sentia mais minha respiração: meu coração já tinha pulado do meu peito fazia tempo. Ria por dentro, pelo nervosismo.

— Entre! Fique à vontade.

— Olhe, Zoe, o que eu trouxe pra você.

Entregou uma sacola na mão dela.

— Oba, suco de uvaaaaa! – gritava de alegria.

— Como se diz, Zoe?

— Obrigada.

— De nada.

Ele foi entrando e observando nossa decoração.

— Uau, faz tempo que eu não participo de um Natal em família. Minha família está toda nos Estados Unidos. Acabei sendo o único a fugir às regras e trabalhar num país não cristão.

— Você é cristão, Paul?

— Sim, sou evangélico. Mas desde que vim para o Japão não encontrei uma igreja para congregar e, com o trabalho corrido, acabei deixando de lado. O que era pouco, se transformou em anos. Sinto muito a falta disso, mesmo que eu veja uns cultos on-line, nunca é o mesmo que estar lá, né?

— Sim, com certeza. Eu também sou evangélica. Quando quiser, pode vir à igreja conosco. É uma igreja mista. Tem pessoas de vários locais do mundo. É lindo, você vai gostar.

— Eu ficaria imensamente feliz em ir com você... digo... com vocês – falou fitando nos olhos da Zoe, que o observava, como se fosse o seu herói.

— Sente-se no sofá. Logo, logo, o jantar estará pronto.

– O cheiro está maravilhoso!

Paul sentou-se no sofá e começou a observar cada detalhe da nossa sala. Cada quadro, cada foto, mas ele parou numa em especial, que ficava no *rack*, acima da televisão. Um quadro onde estávamos nós três: eu, Zoe e meu falecido marido. Despercebido, ele não notou minha aproximação enquanto olhava para a imagem como que tentando desvendar um mistério naquela foto. Os olhos dele estavam inertes, deixando-o ali por alguns minutos.

– O jantar está pronto – avisei admirando a forma como ele olhava nossa foto.

– Ah, tá. – Ele se virou, como quem acabara de levar um susto.

– Este era o seu marido?

– Sim.

– Vocês pareciam estar muito felizes.

– Fui a mulher mais feliz do mundo ao lado dele. Ele sabia me alegrar; mesmo em tempos difíceis, eu nunca ficara triste ao lado dele. E transmitia paz, me trazia alívio, me fazia muito feliz. Com ele aprendi o significado da palavra amor. Eu quase não o via triste ou abatido, mesmo que o céu caísse na cabeça dele. Ao entrar em casa, era a alegria em pessoa. Transformava nossos dias.

Aquelas palavras me fizeram lembrar de coisas que eu havia passado, e, nesse momento, lágrimas escorriam pelos meus olhos. Com um gesto de carinho, Paul começou a limpá-las do meu rosto.

– Não chore mais, vocês merecem toda a felicidade do mundo.

– Me desculpe, as lembranças vêm à tona e é inevitável o choro.

– Se eu pudesse, tiraria de suas lembranças todas as tristezas, para não te ver mais chorar.

– Mas todas as lembranças, mesmo as tristes, fazem parte do que eu sou. Vamos deixar esses sentimentos e vamos jantar, porque se demorarmos vai esfriar.

– Nossa, que mesa linda! Desse jeito eu não vou sair daqui! – Rindo, sentou-se ao meu lado.

– Eu não sabia o que você come ou não, então fiz alguns pratos que eu e Zoe comemos e gostamos muito.

– Meu prato favorito é frango assado, como você sabia? – comentou com o semblante de assustado.

– Eu não sabia... Eu e Zoe também amamos frango assado, por isso fiz. – Ri dele nesse momento.

Jantamos, conversamos e demos muitas risadas ao longo do jantar.

Eu me sentia tão bem, tão à vontade ao lado dele, que parecia que já nos conhecíamos havia anos. Após o jantar e deixar a Zoe brincar um pouco com ele, chamei-a para escovar os dentes e ir dormir, pois já era tarde e minha filha teria que ir à creche no dia seguinte. Ela ficou triste, pois não queria ir dormir, mas obedeceu. Deu um beijo de boa noite em Paul e fomos juntas. Após as tarefas, subimos e li uma linda história bíblica para ela, que já apagou, antes mesmo do fim da história. Desliguei as luzes e desci devagar.

– Ela dormiu, estava bem cansada.

– Zoe é muito especial. Eu gostei muito dela.

– Ah é? Você gostou muito dela? – falei meio que enciumada, só para mexer com ele. – Sim, gostei muito de Zoe e da mãe dela também. Meu corpo todo estremeceu. Um calor subia, não havia nada que pudesse esfriá-lo. Um sentimento de alegria pairou no ar.

Nesse momento, ele foi chegando mais e mais perto de mim, um perfume exalava por seus poros, dava para escutar o palpitar do meu coração e sentir a respiração dele cada vez mais próxima. Paul aproximou-se fitando firme meus olhos, começou a acariciar minhas mãos, que já estavam nas dele, chegou bem perto do meu ouvido e sussurrou:

– Eu acho que estou me apaixonando por você.

Deitei minha cabeça no ombro dele, meus olhos quase se fechando e sentindo o aroma de seu perfume, que era inconfundível. Paul poderia estar no meio de uma multidão que eu o encontraria por causa daquele delicioso cheiro.

Ele segurou minha cabeça com as duas mãos, com delicadeza, enquanto, cada vez mais perto, nossos lábios se encontraram. Foi o beijo mais cheio de emoções que tive. Era um beijo repleto de sentimentos, um beijo desejado por ambos.

Enquanto nos beijávamos, suas mãos se cruzaram nas minhas costas e as minhas na dele.

Era tudo o que eu desejava naquele momento, mas um sentimento de traição começou a passar em minha cabeça. Afastei-o com um instinto de repulsa.

– Eu não posso fazer isso. Não posso trair o...

Parei o que estava falando. Lágrimas começaram a descer em minha face.

– O que foi, Sarah? Você não está traindo seu marido. Ele não está mais aqui. E você merece ser feliz novamente. E se eu puder ser a pessoa que te fará a mulher mais feliz do mundo, eu farei.

– Mas eu sinto como se o estivesse traindo, como se eu for feliz, estarei traindo ele.

Comecei a chorar compulsivamente. Paul, com paciência e carinho, me colocou sentada no sofá e, enxugando minhas lágrimas, deitou minha cabeça em seu colo e começou a acariciar meus cabelos, na tentativa de me acalmar.

Isso com certeza me acalmou, e muito. Mas o que ele não sabia, era que seria uma grande batalha para ele domar meu coração.

O amor é paciente, o amor é bondoso. Não inveja, não se vangloria, não se orgulha. Não maltrata, não procura seus interesses, não se ira facilmente, não guarda rancor. O amor não se alegra com a injustiça, mas se alegra com a verdade. Tudo sofre, tudo crê, tudo espera, tudo suporta. (1 Coríntios 13:4-7)

CAPÍTULO 4

A campainha tocou naquela tarde do dia 24 de dezembro, véspera de Natal e Zoe saiu correndo descontrolada, no intuito de abrir a porta. Tropeçou e quase caiu na tentativa frustrada de abrir. Assim que ela conseguiu chegar até a porta, eu já estava abrindo.

– Ah, mamãe, eu queria abrir a porta! – falou ela frustrada e com a carinha triste.

– Fica pra próxima, meu bem.

Abri a porta e lá estava ele, Paul. Ainda conseguia estar mais radiante, com um lindo sorriso no rosto e várias sacolas nas mãos.

– Feliz Natal, Zoe! – desejou ele, se abaixando e a abraçando bem forte.

Assim que ela, sorridente, o soltou, Paul entregou um presente enorme para ela.

– Não é para abrir agora. Só amanhã, viu, mocinha?

– Mas eu quero ver.

– Obedece, menina, e coloca lá na árvore, amanhã ele ainda estará lá – falei.

E assim Zoe foi guardar, meio contrariada.

– Esse aqui é pra você.

Me entregou um pequeno embrulho e junto um cartão.

– Mas assim como a Zoe, você só pode abrir depois da meia-noite, viu, mocinha?

Caímos na gargalhada.

– Ah, desculpe! Entre!

Assim que Paul entrou, colocou algumas sacolas na cozinha.

– Passei em um restaurante no caminho e pedi algumas coisas pra ceia, já que sou péssimo na cozinha.

Sentamos no sofá e tivemos um fim de tarde muito agradável, com muitas risadas. Zoe decidiu contar a Paul sobre o que aconteceu a ela a semana toda. Ele ouviu com paciência e se mostrou muito concentrado na conversa. Fiquei de longe só observando os dois naquele bate-papo tão intenso e engraçado que, sem querer, comecei a dar risadas. Zoe me olhou como que desaprovando minha ação, engoli o riso, pelo menos nos lábios, porque por dentro continuava.

Paul me olhou e deu um leve sorriso, como se fosse o único lugar onde ele queria estar naquele dia.

Tudo à minha volta parecia estar mudando. Nada era igual, nada era mais branco e preto. Minha vida tomara outro caminho. Meu mundo, antes monocromático, já era colorido. Fiquei pensando, tentando entender. *Como uma pessoa pode mudar completamente o meu mundo e minha forma de ver as coisas?* Enquanto eu estava ainda batendo um papo com meus pensamentos, Paul se aproximou e pegou minha mão.

Naquele momento nenhum outro pensamento importava. O que era mais importante estava ali, bem do meu lado, segurando minha mão.

A alegria era tão grande que ela não cabia apenas dentro de mim, começou a extravasar para fora, por meio dos meus lábios. Comecei a sorrir sem perceber, enquanto ele acariciava a minha mão. E assim ficamos ali, sentados, ouvindo as estórias da Zoe, que já estava pulando e gesticulando.

Deitei minha cabeça em seu ombro e era como se o tempo parasse. Jantamos em meio a conversas e muitas risadas; oramos, celebrando o nascimento de Jesus. Paul contou a história de Jesus para Zoe, que o ouviu, atenta a cada palavra.

Após um breve descanso depois da sobremesa, fui colocar a Zoe para dormir. Quando voltei, vi Paul arrumando a mesa e lavando a louça. A cena era tão encantadora, mas fui assumir minhas tarefas.

– Não precisa fazer isso, Paul. Eu faço. Isso é minha obrigação.

Ele, tentando me tirar da cozinha, disse:

– Não, você já fez muito hoje, eu quero que você aproveite esse tempo pra descansar. Deixa que eu faço, não vai me custar nada... Na verdade, talvez te custe alguma coisa.

Paul terminou de falar rindo, com um ar cínico. Eu fiz o mesmo, feliz da atitude que ele teve, em me dar aquele tempo.

Concluídas as tarefas, ele pegou duas taças e encheu de suco de uva, os favoritos de Zoe, e trouxe até a sala, nos sentamos no sofá para conversar. Ficamos conversando durante horas e o tempo parecia voar. Falávamos sobre a igreja, sobre minha vida, meu trabalho, sobre a Zoe e sobre ele.

– Em que você trabalha, Paul? – perguntei.

– Sou consultor financeiro e estou aqui porque minha empresa está com projetos nesta região.

– Uau! Um homem lindo e bem-sucedido, deve ter milhares de mulheres atrás de você o tempo todo, né?

Meu semblante era de tristeza ao falar que milhares de mulheres estariam a fim dele.

– Até que tem, mas meus olhos e coração só enxergam duas.

– Duas? – Fiquei meio perdida naquele momento.

– Sim, duas! As mais lindas que eu já conheci em toda a minha vida. Zoe e você.

Senti um baque, uma alegria sem-fim me contagiara de tal modo que não conseguia me conter.

– Você está falando sério?

– Nunca falei tão sério em toda a minha vida. Vocês mudaram tudo em mim. Tudo que pedi a Deus se concretiza em vocês. Eu tenho orado muito e sei que no tempo certo, vai acontecer. Não quero te forçar a nada, se essa for a vontade de Deus, vai acontecer. Ele se virou de frente para mim, olhou bem dentro dos meus olhos e disse:

– Sei que você está assustada e com medo, mas eu vou esperar o tempo que for preciso, porque o que falta em mim, eu tenho encontrado em você.

Nesse momento, eu, que já estava em prantos, o abracei e em seu ouvido sussurrei:

– Obrigada, Paul. Você não sabe o quão importante foi ouvir isso de você hoje.

Me afastei, passando as mãos em seu rosto, e Paul beijou-as com carinho e ternura.

Terminamos a noite ali, abraçados no sofá, desfrutando da companhia um do outro e conversando bastante. Fiquei pensando em como Deus era bondoso comigo. Detalhes que transformam nosso mundo.

Já era meia-noite e decidi que era hora de ver meu presente, aliás, já estava superansiosa. Peguei o embrulho delicado, acompanhado de um cartão, e o desembrulhei. Ao abrir, me emocionei. Era um lindo e delicado colar, com vários diamantes e uma esmeralda belíssima no centro.

– Paul, é muito lindo! Obrigada, de coração!

– Eu estava lá para comprar, mas tive a dificuldade em achar algo que realmente combinasse com você e com tudo o que estamos passando. Quis este porque a delicadeza é a palavra que te define, a pessoa mais delicada e carinhosa que eu conheci. A esmeralda, porque dizem que é a pedra do amor incondicional e da confiança. E isso é o que define meu sentimento por você, Sarah. Amor incondicional. Assim como Cristo amou a igreja e deu a Sua vida por ela. Eu farei o que for preciso para que você seja a mulher mais feliz do mundo. Com você tenho aprendido o real significado do amor, e pretendo estar contigo pra sempre.

Meus olhos, já cheios de lágrimas novamente. Peguei o cartão e comecei a ler:

Sarah, obrigado por fazer os meus dias mais felizes. Deus me deu a oportunidade de ser feliz e de fazer alguém feliz e esse alguém tão especial é você, minha princesa. Sei que ainda vou precisar fazer muito pra te mostrar que te amo, mas, por enquanto, aceita ser a minha namorada? Prometo que farei de tudo para não te decepcionar.

Beijos, Paul.

Olhei pra ele, ainda perplexa e sem reação nenhuma. Boca aberta com tamanha surpresa.

– E aí? O que me diz? – Paul tentou acabar com aquele clima.

– Você tem certeza? Não acha que ainda é muito cedo pra isso? E a Zoe? Será que eu estou preparada?

– Calma, vamos do começo, ok? Você gosta de mim?

– Claro que gosto! Você sabe disso.

– Então vamos devagar, ok? Ainda não estou te pedindo em casamento; estou te pedindo em namoro. Você aceita?

– Tem certeza, Paul?

– Nunca tive tanta certeza em toda a minha vida, Sarah.

– Tudo bem, mas eu quero falar com a Zoe antes de você. Ok?

– Ok, meu amor.

Aquela palavra ainda me soava tão estranho. "Amor", algo com tanta força e significado não poderia ser dito em vão. Mas o olhar dele me transmitia tanta paz e alegria que eu acabei aceitando.

Ele me abraçou e ficou ali comigo, até que eu peguei no sono.

Acordei assustada, com a Zoe gritando se poderia abrir os presentes. Me vi deitada no sofá, com um cobertor sobre mim, e Paul não estava mais lá. Ele provavelmente me acalmou e, ao notar que eu dormi, se foi, como um verdadeiro cavalheiro. O meu cavalheiro reluzente.

Zoe não se continha de tanta curiosidade e vontade de abrir os presentes.

– Mamãe, posso abrir meus presentes?

– Pode, minha filha.

– Obaaaaa! – gritava ela rasgando os papéis e abrindo cada um dos presentes.

O sorriso nos olhos dela era notório ao ver que ganhou todos os presentes que ela tanto queria e um pouco a mais, pois Paul comprou tudo que imaginava na loja para Zoe.

CAPÍTULO 5

Naquela tarde de Natal, enquanto eu arrumava a bagunça que Zoe fez de manhã ao abrir os presentes, meu celular tocou.
– Alô.
– Oi, meu amor, como você está?
– Estou maravilhosamente bem. Obrigada pelo cuidado comigo na noite passada.
– Imagina, meu amor, não fiz nada de mais.
– Você vai vir jantar conosco hoje?
– Não, não vou.
Meu olhar de decepção acredito que tenha dado para ver do outro lado da linha.
– Ah, tudo bem...
– Não vou porque vou te levar pra jantar fora.
Minha voz mudou completamente.
– Onde vamos?
– Surpresa! Se preparem, porque em uma hora e meia, mais ou menos, eu vou passar aí para buscar vocês.
– Tá bom, então. Até logo, beijos.
– Até.

Assim que desliguei o celular, quase não me contive de tanta alegria. Nunca imaginei sentir algo assim tão forte outra vez. A sensação de ser amada, de ser desejada, não passava pela minha mente desde o fatídico acidente. Sempre achei que seria mulher de apenas um homem até o envelhecer, mas tem coisas que nos acontecem que nos tiram do eixo, nos fazem perder a direção; e, para voltar ao normal, nem sempre é algo fácil.

Peguei a Zoe e já corri para o banho com ela. Entre brincadeiras e risadas, nos vestimos e arrumei nossos cabelos.

Enquanto me penteava, fiquei a pensar em que perfume usar, pois fazia tempo que não pensava nisso – não me importava se alguém sentiria meu cheiro, se iria gostar ou não. Mas com o Paul era diferente; eu sentia a necessidade de me arrumar para ele, de estar bem cheirosa, de estar de alguma forma do jeito que ele gostasse.

Demorei uns cinco minutos para escolher, porém acabei optando por um perfume suave e delicado, que eu gostava muito e que tinha usado em nosso primeiro encontro desastroso, com cheiro marcante, mas que não era forte demais.

No horário combinado ele chegou para nos buscar e tocou a campainha. Quando eu abri a porta, escutei um suspiro e um:

– Uau, você está linda!

Me senti como uma adolescente novamente. Estava flutuando.

Paul estava radiante como sempre. Usava um terno elegantíssimo na cor cinza-escuro, com um colete no tom semelhante, uma camisa azul bem clarinha, tudo em perfeita harmonia com o sapato de couro marrom simplesmente impecável.

O que mais marcou para mim foi que, ao chegar perto para me dar um beijo, senti o cheiro do seu perfume. Ahhhh... que aroma delicioso! Um perfume que marcava sua masculinidade, com um pequeno toque amadeirado, que deixava pairar suspense no ar. Aquele era o homem mais charmoso, elegante, bem-vestido e perfumado que eu já conhecera. E ele estava ali por mim. *Nossa, eu sou muito privilegiada!*

– E eu? Tô bonita?

Zoe começou a ficar enciumada com a cena do beijo.

– Você está maravilhosa, Zoe! Cuidado, Sarah, os meninos vão começar a paquerar essa menina no restaurante, hein?

Começamos a rir da cena. Zoe começara a rodar, mostrando como estava, toda vaidosa, feliz com a reação de Paul sobre ela. Não se continha de tanta felicidade.

Saímos de casa. Paul segurou minha mão de um lado, e do outro segurou da Zoe, fazendo-a se sentir importantíssima com aquela pequena atitude. Isso me deixava cada vez mais apaixonada por esse homem maravilhoso.

Não havia mais dúvidas de que Deus tinha me presenteado com uma pessoa extremamente amorosa. Um homem gentil, educado, cavalheiro e, acima de tudo, temente a Deus.

Entramos no carro, ansiosas por saber onde iríamos jantar, pois ele ainda não falara nada sobre o nosso destino. Ele dirigiu por uns quarenta minutos até um restaurante não muito grande, mas bem elegante; um restaurante italiano que eu não conhecia. Ficava na cidade vizinha e era bem reservado. Não parecia ser um restaurante popular; era bem mais sofisticado do que os que eu frequentava normalmente.

Entramos e imediatamente uma moça bem-vestida nos atendeu. Enquanto Paul se apresentava e falava sobre a reserva, a moça olhando para uma pasta assentiu positivamente com a cabeça e nos conduziu até uma mesa separada.

Nos foram entregues os cardápios, e a moça educadamente nos perguntava sobre o que iríamos beber e comer.

Zoe já de cara pediu macarrão com molho *bolognesi*; era o favorito dela. Eu e o Paul pedimos primeiro uma salada *panzanella*, uma salada com tomates, pães, *mozarela* de búfala e outras coisinhas deliciosas. Pedimos suco de uva para acompanhar, pois era o favorito de Zoe. No prato principal, decidi pedir uma *lasagna*, que estava divina, e Paul pediu um *spaghetti alle vongole*. Na sobremesa, nós dois optamos por *tiramisù* e Zoe foi de *cannoli*, acho que o formato chamou atenção dela e, como estava recheada de chocolate e outros detalhes, ela logo escolheu sem pestanejar. Enquanto comíamos, ficamos conversando e observando Zoe se sujando e rindo da inocência dela.

Quando a sobremesa chegou, Paul disse que precisava me falar algo, mas que não estava conseguindo falar.

– Querida, tenho que te contar algo, mas ainda não tinha encontrado uma forma de te falar.

Nessa hora meu coração disparou. O riso que estava no meu rosto desapareceu. Sentia como se algo ruim estivesse prestes a acontecer.

– O que foi?

– O meu chefe, lá dos Estados Unidos, me pediu para voltar por tempo indeterminado. Eles estão com problemas e disseram que precisam urgentemente de mim por lá até resolverem tudo.

Parei por um tempo, séria.

Não sabia o que realmente queria falar, então me calei. Baixei minha cabeça, com olhos marejados e em silêncio.

– Fale comigo, Sarah.

– O que você quer que eu fale?

– Não sei, qualquer coisa, só não fique calada. Preciso ouvir o que tem a dizer.

– Eu não imaginava que você teria que viajar assim, tão rápido. Acabamos de iniciar nosso namoro. Se eu estou triste? Sim, estou. Mas eu sei que o que Deus nos preparou é maior do que qualquer distância.

Soltei um suspiro forte e ele percebeu minha decepção.

– Me perdoe, eu não queria viajar ainda, até falei com eles que só vou se for após o Ano-novo, porque não quero deixar vocês duas aqui sozinhas até lá.

– Não se preocupe, temos o pessoal da igreja; qualquer coisa passamos com eles.

– Não, Sarah. Eu já decidi e não vou deixá-las.

– Tudo bem.

Meu semblante ainda estava triste quando ele levantou minha cabeça, enxugou minhas lágrimas e me deu um beijo carinhoso na testa.

– Eu te amo, Sarah. Não haverá distância nem tempo que possa apagar o que eu sinto por você. Olhe nos meus olhos.

Fitei bem no fundo naqueles lindos olhos azuis e a certeza e confiança que ele depositara ali, naquelas palavras, me pareciam tão sinceras, verdadeiras, que me fez feliz.

– Mas você nem sabe quanto tempo ficará por lá. Talvez encontre uma pessoa mais jovem, bem mais bonita, se apaixonará e logo vai me esquecer.

– Nunca! Eu já conheci muitas mulheres lindas e jovens, Sarah, mas a única pela qual me apaixonei foi você, minha princesa. Não existe no mundo uma mulher mais linda, encantadora, inteligente e especial que você. E eu posso dizer que você é minha, só minha!

Comecei a esboçar um delicado sorriso, o qual o fez se sentir o homem mais feliz do mundo.

– Tá bom, Paul. Deus é o único que sabe o que acontecerá conosco no futuro. Nossas vidas e planos eu coloquei nas mãos Dele e sei que Ele jamais nos desaponta; os seus planos são sempre perfeitos.

– Com certeza, amor. Os planos de Deus são perfeitos.

Fomos embora quase em silêncio. Quase porque com a Zoe junto ninguém conseguia ficar calado.

Ela arrancava sorrisos do meu rosto, por mais que naquele momento meu desejo era apenas chorar.

Paul ficava me observando, tentando me fazer falar, porém não obteve muito sucesso. Tentou pegar minha mão, porém, bem sutilmente, fui me afastando. Não queria sofrer além do que já estava.

Assim que chegamos em casa, mandei Zoe escovar os dentes e subir. Enquanto isso, Paul tentava me animar, sem sucesso.

– Não fique assim, não, Sarah. Vai dar tudo certo, você verá!

– É por isso que eu não queria me apaixonar por ninguém. No final, sou eu quem sofro.

– Eu também estou sofrendo, amor, mas não posso desanimar, preciso confiar que Deus tem algo especial para nós dois. Eu preciso que você confie em Deus e permaneça forte como sempre foi. O Senhor sempre nos surpreende e creio que Ele tem um futuro excelente para nós.

– Tudo bem!

Nesse momento, ele me abraçou com tanta força que parecia que tinha medo de me soltar e nos perdermos.

Foi possível sentir as batidas do seu coração tão rápidas que tive certeza de que ele também estava com medo, preocupado, tinha os mesmos anseios e preocupações que me atormentavam naquele instante. Foi então que deixei as minhas preocupações de lado e retribuí seu abraço.

Olhei em seus lindos olhos e percebi que lágrimas estavam escorrendo. Limpei-os e logo após ele beijou minha mão.

Segurei seu rosto com a firmeza e a certeza de que ele não escaparia de mim, beijei seus lábios como se fosse a última vez. O sentimento que tinha naquele momento era felicidade. Para mim o tempo tinha parado. Só existíamos nós dois e nada mais.

Foi o beijo mais intenso e demorado que tivemos desde o início de tudo, como se pressentíssemos que logo mais não teríamos um daqueles por longo tempo.

CAPÍTULO 6

Faltavam alguns dias para o Réveillon e haveria um culto de ação de graças a Deus pelo ano que findava. Nos programamos para irmos a esse culto especial juntos e aproveitar para apresentar o Paul ao meu pastor, João. O culto teria início às 8 horas. Paul nos pegaria às 7h30, já que não era longe de casa.

Zoe estava radiante com um vestido de cor salmão com detalhes em renda e sem manga e um lindo bolero branco por cima, cabelos levemente presos, apenas algumas mechas em um prendedor delicado na mesma cor do vestido. Parecia mais uma princesa. E era assim que ela se sentia ao se olhar no espelho, pois seu sorriso falava tudo.

Esse dia era especial para mim, pois seria o último culto que iríamos neste ano e o primeiro ao lado de Paul, homem maravilhoso que Deus me concedeu.

Decidi usar um vestido em cetim azul-celeste com um detalhe transversal na cintura, o qual deixava minha silhueta mais acentuada, um *scarpin* nude, cabelos soltos, apenas uma mecha do lado esquerdo preso por um prendedor dourado com pérolas. Fiz uma maquiagem bem leve e usei um batom rosa-claro.

O perfume era o mesmo que eu usava todas as vezes que encontrara com Paul. Era o "nosso" perfume.

Ficamos esperando-o chegar, entre brincadeiras e muitas gargalhadas. A campainha tocou e Zoe saiu descontrolada para atender à porta e, ao abrir, Paul a viu e logo disse entre suspiros e um leve sorriso:

– Uau! Quem é essa princesa?

Minha garotinha ficou toda envaidecida, com o comentário dele.

– Sou a Zoe, você me conhece!

– Eu te conheço? – perguntou Paul sorrindo.

– Conhece! – Zoe respondeu e caiu na gargalhada com Paul.

Eu já tinha pegado minha bolsa e caminhava até a porta para sair com ele. Quando Paul me viu, seus olhos brilharam como nunca tinha visto. Um sorriso de satisfação no cantinho da boca e um suspiro precederam o que ele estava por falar.

– Estava aqui me perguntando se te mereço. O que eu fiz pra te merecer? Como você está linda, meu amor!

Enquanto eu caminhava, ele pegou minha mão e foi me puxando para me aproximar cada vez mais perto dele, até ficar tão próximos que ambos podiam sentir a respiração um do outro.

– Queria que o tempo parasse agora, assim, eu e você, sem nada nos incomodando.

– Eu também queria, Paul... também queria.

Os pensamentos começaram a eclodir, as lembranças da nossa conversa... As lágrimas tornaram a cair.

Paul, com um carinho extremo, enxugou com cuidado e me deu um beijo suave na bochecha.

– Deus está no controle, meu amor. Deus está no controle.

A certeza que ele tinha naquele momento era impressionante e isso me acalmou. Saímos para o culto.

Chegamos na igreja um pouco antes de o culto iniciar.

Nos sentamos e percebi alguns olhares de curiosidade, talvez de espanto ou outra coisa... Fingi que nem estava vendo. Zoe estava tão feliz ao lado dele que me deu a paz que necessitava naquele momento.

Dobrei meus joelhos, logo após ele também se ajoelhou e como a Zoe nos viu ajoelhados, ela também, num lapso, nos imitou.

Comecei a orar naquele momento, uma oração tão sincera e verdadeira que as lágrimas desciam sem eu nem perceber.

Pai, perdoe-me! Sei que sou falha e pecadora e não sou digna da graça recebida de Ti na cruz do Calvário. Tenho muito a aprender e melhorar. Só te peço que, em meio às adversidades, eu jamais desista de Ti.

Que as provações me façam mais forte e me aproximem mais e mais do Senhor. Tu sabes o que eu sinto e o que eu quero. Sabe que eu não queria me apaixonar novamente e me apaixonei. Eu sei que o Senhor tem seus planos e que os Teus planos em minha vida são melhores.

Então eu te peço somente mais uma coisa: que nem o tempo e nem a distância diminuam o que sentimos um pelo outro. Pelo contrário, que esse amor cresça cada dia mais e mais. Nos ajude a superar os obstáculos e suportar a saudade. Obrigada, Senhor, por me ouvir. Amém.

O culto começou e foi maravilhoso. A presença de Deus foi notória e juntamente a Paul adoramos a Deus de uma forma muito especial. Ele foi apresentado à igreja, que o saudou, e se sentiu tão à vontade que logo já estava cumprimentando a todos no momento de louvor, em que todos saíram de seus lugares para cumprimentarem uns aos outros.

Após o encerramento do culto, houve um instante de confraternização entre os irmãos; Paul parecia que conhecia todos fazia muito tempo. Quando muitos já haviam saído, o pastor João nos chamou no seu gabinete, pois eu já tinha ligado antes para ele, pedindo para conversarmos. Enquanto Zoe ficou brincando com as amiguinhas, fomos com o pastor.

– A paz do Senhor, pastor.

Eu já estava tremendo, não tinha falado ainda com ele sobre nós.

– A paz do Senhor, Sarah. Tudo bem?

– Tudo, pastor. Precisava falar com o senhor.

– Minha filha, antes de você me ligar, Deus já havia falado comigo e eu estava orando pela sua vida. Deus tem um plano especial em sua vida e, para que esse plano se concretize, algumas coisas teriam e terão que acontecer. Mas não desanime; as provas nos tornam mais fortes, minha filha!

– Sim, pastor, como o senhor sabe, depois da morte do meu esposo, nunca imaginei sentir o que sinto novamente. Nunca pensei que pudesse amar outra pessoa como o amei um dia. Queria pedir a sua bênção para firmarmos um compromisso e a sua oração. O senhor nos daria essa honra?

– Minha querida, quando Deus faz, quem sou eu para ir contra os propósitos do Senhor? Esse compromisso é plano de Deus, mas eu venho aqui os alertar que o vosso adversário irá lutar poderosamente para destruí-los. Orem, busquem a Deus e o principal: obedeçam a Deus e à Sua Palavra! As bênçãos Dele estão sobre os que O obedecem.

– Pastor, peço ao senhor que ore também pelo Paul, pela sua viagem aos Estados Unidos. Ele precisará retornar ao seu país no início do ano e está bem apreensivo também.

– Tudo bem. Dobrem os seus joelhos e deem as mãos. Estarei orando por vocês e abençoando esta linda união.

Pastor João ficou em pé na nossa frente, colocou as mãos dele embaixo e em cima de nossas mãos, segurando com força, e começou sua oração, com firmeza e muita autoridade.

Pai, estamos neste momento com os corações contritos diante da Tua presença. Pedimos, na autoridade que há em Teu nome, que toda arma forjada contra a vida dos dois seja neutralizada e destruída, em nome de Jesus!

Sei que os teus propósitos são lindos e perfeitos nesta que será uma família extraordinária nessa terra. Fortaleça essa união e esse amor. Que esse laço seja como o cordão de três dobras, entre eles e o Senhor, para que não seja desfeito nem destruído. Sele esta união com teu Espírito Santo, eu te peço, em nome de Jesus. Eu creio na Tua Palavra, que é fiel e verdadeira. Os ajude a obedecerem a Tua Palavra e a seguir os Teus ensinamentos para que esta união seja cada dia mais forte em Ti, Jesus.

Portanto, que neste momento, uma cobertura espiritual os envolva e os guarde. Ajude-os nos momentos de tribulações, os fazendo lembrar o que traz esperança, das palavras de vida e de paz, que Tu sempre os oriente e direcione no caminho certo. Que esta viagem deste homem seja para tua glória. Em nome de Jesus. Amém.

Nesse momento, estávamos nós dois, eu e Paul, em lágrimas, de joelhos. Nos levantamos e sentamos, enquanto o pastor continuava falando conosco.

– Fiquem em paz. Deus está preparando tudo para vocês. Eu os abençoo em nome de Jesus. Apenas tenham cautela e estejam em oração. O Inimigo não está feliz com esta união, mas suas vidas estão debaixo de muita intercessão.

– Amém, pastor!

Saímos de lá com o coração mais leve, porém com certa preocupação sobre o nosso futuro.

Paul nos levou de volta à minha casa e ficou esperando eu colocar Zoe para dormir para que pudéssemos conversar um pouquinho.

Zoe estava com a corda toda, demorou uns vinte minutos para dormir. Só então consegui descer para conversarmos.

Peguei Paul com a cabeça baixa, as mãos na cabeça e parecia estar falando. Só depois que me aproximei percebi que ele estava orando e chorando bastante.

Aquela cena mexeu muito comigo, pois ele era um homem tão forte, tão seguro de si, não o via sequer reclamar de nada. Mas nesses últimos dias tinha notado que ele tinha chorado com certa frequência.

– Consegui fazê-la dormir, até que enfim!

Ele levantou a cabeça, enxugou as lágrimas e disse:

– Não queria ir agora, Sarah. Quando eu encontro a mulher da minha vida, tudo muda. Por que Deus permitiu isso?

Fiquei em choque com a pergunta e me ajoelhei na frente dele. Segurei suas mãos na tentativa de consolá-lo.

Limpei suas lágrimas e, com um beijo suave em seus lábios, falei:

– Meu amor, fique firme. Deus sabe o que faz! Estarei aqui te esperando o tempo que for necessário. Nos falarcmos todos os dias pelo FaceTime, você vai acabar cansando de me ver.

Falei dando risada, para aliviar a tensão. Quando olhei para ele, percebi que ele tinha dado um leve sorriso também.

– Nunca me cansarei de você, meu amor.

Com o semblante melhor, dei um beijo caprichado nele, um delicioso e longo beijo em seus lábios. Ele retribuiu.

Ficamos ali no sofá, sentados, somente nos observando por um longo tempo. De vez em quando, ele passava a mão em meus cabelos, outra hora em meu rosto.

Talvez aquele momento, admirando um ao outro, ficasse eternizado em nossa mente, a fim de sempre nos lembrarmos.

CAPÍTULO 7

O último dia do ano amanheceu ensolarado. Deus me presenteou com um despertar magnífico. O sol batendo em minha janela me mostrava as grandezas do Senhor e o quanto Ele me amava.

Levantei ainda sonolenta. Enquanto Zoe dormia, lavei meu rosto, penteei meus cabelos e já fui colocar o café para fazer. Enquanto isso, comecei a guardar a bagunça que ficou na noite anterior. Chegamos tão tarde que não consegui fazer nada. Durante meus afazeres, Zoe acordou dizendo que estava com fome.

Fui preparar seu lanche e já aproveitei para tomar café com ela. Assim seguimos, fazendo tudo juntas: escovar os dentes, pentear os cabelos, brincar, cozinhar. Passei a manhã toda preparando algumas guloseimas e arrumando a casa para que passássemos uma bela virada de ano juntos, nós três.

Estava um dia tão gostoso que aproveitei para lavar os cobertores. O telefone tocou, fui olhar e era mensagem do Paul.

Oi, meu amor. Levarei algumas coisas para nós. Não se preocupe em cozinhar, ok?

Respondi rindo por dentro, pois eu já estava preparando várias coisas:

Oi, meu amor. Tudo bem. Que horas você virá?

Estou comprando um presente para a Zoe e algumas coisas para levar. Em uma hora e meia ou duas chegarei.

Ok, te aguardo. Mas não precisa se preocupar em comprar nada para a Zoe, a sua presença já é o suficiente para nós duas.

Ok.

Terminei o que estava fazendo e fui tomar banho com a Zoe. Nos arrumamos e ficamos esperando Paul com uma mesa linda posta.
Era o horário de almoço e queria tudo perfeito. O forro da mesa era de cor creme com detalhes em dourado e delicadas flores em toda a sua borda. Coloquei um lindo e delicado arranjo de flores vermelhas no centro, pratos brancos, taças, guardanapos vermelhos e presos em detalhes dourados. Tudo muito bem organizado.

Paul chegou e como pedi a ele que não tocasse a campainha, ele apenas entrou. Ao ouvir o barulho, Zoe saiu correndo em sua direção toda feliz. Pulou em seu colo, ele precisou largar tudo no chão para segurar aquela menina nos seus braços. Meu namorado ficou rodando com ela em seus braços, em sorrisos e brincadeiras por algum tempo, enquanto eu só observava de longe, com o coração tão alegre de ver as duas pessoas mais importantes na minha vida juntas daquela forma. Paul me viu os observando e soltou um sorriso tão lindo que resplandeceu todo o ambiente.

– O que você está fazendo aí parada? Vem brincar com a gente!

Saí e fui até eles. Parecíamos crianças, sem nenhuma cara de preocupação, sem medos, apenas nós ali, brincando.

Paul aproveitou a oportunidade, pegou um pacote e entregou-o a Zoe.

– Zoe, este é meu presente pra você. Assim você não vai se esquecer de mim. Irei viajar nos próximos dias e queria te deixar uma lembrança para se recordar dos nossos momentos.

A pequena abriu e fez uma cara surpresa, tamanha era a alegria da menina. Dentro do embrulho havia um lindo urso de pelúcia com um colar com os dizeres *"os momentos mais especiais, foram os que passei com você"*.

Me fez chorar. Zoe ficou encantada e disse que ficaria com ele em todos os lugares que fosse.

Logo após, Paul pegou um pequeno embrulho dentro de uma sacola, se aproximou de mim e se ajoelhou. Naquele momento, tremi. Não sabia o que ele faria nem o que diria.

Apesar de pouco tempo, parecia que estávamos juntos por anos.

– Meu amor, eu sei que meus dias não serão os mesmos longe de você. Não sei por quanto tempo terei que ficar longe, porém de uma coisa eu tenho certeza: eu te amo e gostaria de passar todos eles, assim que retornar, ao seu lado. Sei que talvez seja rápido, mas aceita este anel como símbolo do meu amor e compromisso contigo.

Paul abriu a caixa e me mostrou um lindo anel de ouro com diamantes cravejados e uma linda esmeralda no centro.

Fiquei sem reação por um tempo. Era muita emoção num momento só.

Voltei das nuvens e em seguida respondi:

– Eu sei que foi de coração, mas você não acha que está sendo precipitado? Não é cedo demais? Faz tão pouco tempo que estamos juntos. Tenho medo de se arrepender.

– Sei que é rápido, no entanto eu não poderia viajar sem fazer isso. Não sei quanto tempo ficarei ausente e queria deixar uma parte de mim aqui com você. E tenho certeza de que nunca irei me arrepender. Posso me arrepender de ir nessa viagem, porém de você, nunca! E aí, aceita?

– É claro que eu aceito, meu amor. Meus dias também não serão os mesmos sem você ao meu lado. Estarei contando os dias para o nosso reencontro.

Paul tirou o anel da caixa e o colocou em meu dedo anelar da mão direita, como símbolo de compromisso eternizando nossas melhores memórias naquele exato momento.

Nunca imaginei que poderia viver tudo aquilo, que poderia ser feliz novamente. Tive tantas noites escuras, passei por vales terríveis e de vários deles jamais imaginei sair. Mas nesse momento eu conseguia enxergar uma luz no fim do túnel. A sensação de estar só, de não ter ninguém para conversar, desabafar ou apenas um ombro para chorar. E depois de tudo, quando jamais imaginei que viveria, Deus me agraciou com um homem como o Paul.

Almoçamos juntos, compartilhando histórias vividas e, em certo momento, Paul me fez uma pergunta:

– O que foi que aconteceu com seu marido?

Fiquei gelada. Ele nunca tocara no assunto antes. Eu sabia que um dia precisaria falar sobre isso com ele, porém não sabia que já era o dia. Esse assunto ainda mexia muito comigo. Nunca é fácil viver uma perda e seguir em frente. Leva tempo e às vezes esse tempo é longo e árduo.

– Você sabe que esse assunto ainda me abala muito. – Abaixei minha cabeça, tentando respirar fundo a fim de falar tudo o que precisava.

– Se você achar que ainda não é a hora, tudo bem, Sarah. Eu espero.

– Eu vou ter que vencer esse obstáculo se quero seguir em frente com você.

– Você está preparada?

– Não sei, mas preciso fazer isso hoje.

Parei um pouco, respirei fundo e comecei a falar tudo o que aconteceu naquele fatídico dia, que mudou completamente minha vida.

– Estava casada havia quatro anos e a Zoe tinha apenas dois. Éramos muito felizes. Mateus foi o primeiro amor da minha vida. Nos apaixonamos, começamos a namorar e nos casamos um ano depois. Vivíamos muito bem. Ele era um homem responsável, sempre alegre, temente a Deus. Todas as lembranças que tenho dele são as mais felizes.

Mateus trabalhava a uma hora de carro de casa, mas isso nunca tirou o sorriso do seu rosto. Quando olho para Zoe, sempre vejo os traços dele nela. Ela tem o sorriso dele, os lindos olhos castanhos-escuros e os cabelos ondulados do pai. No dia do acidente, ele se levantou, tomou o seu café da manhã, se arrumou e, antes de sair, me deu um beijo tão carinhoso, de um jeito que ele não fazia sempre. Mateus ficou me olhando parado por um tempo, me admirando ainda deitada e eu fiquei rindo dele, pois não era uma atitude comum, até porque de noite a gente se veria novamente. Mal sabia eu que aquela seria a última vez que eu veria ele me olhar daquele jeito...

Ele saiu para trabalhar como todos os dias. Sempre andava com segurança, nunca correu e nem fazia nada errado no trânsito. Porém naquele dia, infelizmente, um carro passou no sinal vermelho e bateu do lado direito do carro, onde ele estava. A ambulância foi chamada...

Parei de falar por um instante, lágrimas começaram a correr pelo meu rosto. Paul as enxugou e me acariciava como forma de me consolar e dizer que estava lá comigo.

Ele não resistiu e faleceu antes mesmo de chegar ao hospital. Foi muito traumático para mim. Foram momentos terríveis que passei.

As cenas que precisei presenciar para identificá-lo foram as piores em toda a minha vida. E de uma coisa eu sempre tive certeza: nunca amaria ninguém como ele.

Fechei meu coração para tudo e todos. Ele deixou um buraco em meu ser que nada preenchia. Vivi dias escuros e Deus me trouxe de volta à luz por meio da Zoe; somente por ela retomei a minha vida e decidi dedicar todos os meus dias em prol de minha filha. Só Deus me deu a força que eu tanto precisava para prosseguir. Muitas vezes O questionei, por que Ele tinha levado Mateus tão cedo. Muitas vezes briguei com Deus em oração, em gritos, em lágrimas... Não sabia qual era o propósito Dele em tudo isso.

Não foi fácil pra mim. Sempre fui tão centrada, focada e tudo andava em seu devido lugar, que acabei me acomodando e o comodismo esteve em boa parte da minha vida, mas precisei crescer com tudo que aconteceu.

Olhei pra ele, respirei.

Assim que te vi pela primeira vez, meu coração disparou, um sentimento tão parecido com o que senti pelo Mateus, porém me recusava a acreditar que Deus tinha me dado uma nova oportunidade de ser feliz novamente.

Era como se eu o tivesse traindo. Chorei muitas noites, sem saber o que fazer.

Quando nos encontramos no restaurante e você me entregou o seu cartão, eu sentia que estava traindo o Mateus. Era tão doloroso e, ainda assim, eu queria muito sentir isso de novo, queria muito amar alguém de novo.

Ainda hoje me pego tendo essa sensação de traí-lo, sei que não, Deus já me libertou para amar de novo, só que não é fácil. Por isso, te peço que tenha paciência e nunca desista de nós.

– Jamais desistirei de você, Sarah. Agradeço a você por abrir seu coração pra mim e por mim hoje. Prometo que farei o que estiver ao meu alcance para te fazer a mulher mais feliz do mundo e te protegerei do que vier contra nós. Eu te amo como nunca amei ninguém.

Nos abraçamos, chorei em seus braços e foi como uma gota de consolo naquele oceano de tribulações.

Foi o melhor Réveillon de toda a minha vida. Entre abraços e beijos, passamos o Ano-novo em família. Oramos juntos pouco antes da meia-noite, e foi espetacular.

Um homem sozinho pode ser vencido, mas dois conseguem defender-se. Um cordão de três dobras não se rompe com facilidade. (Eclesiastes 4:12)

CAPÍTULO 8

Minha versão da história...

Aquela manhã estava muito fria e isso me fez perder o horário. Levantei correndo, me vesti, escovei os dentes e arrumei meus cabelos. Joguei um perfume rápido e saí correndo. Peguei o carro, dirigi até uma cafeteria perto de casa e pedi um café espresso. Fui direto ao meu trabalho. Tinha uma reunião em pouco tempo e precisava me apressar um pouco.

Desci do carro, peguei minha maleta e o café e saí em direção à entrada do edifício. Porém minha maleta abriu e quase caiu tudo. Quando me abaixei para ajeitar as coisas, trombei com uma pessoa.

Meu copo de café entornou em cima dela. Já atrasado e muito envergonhado, não sabia o que fazer naquela cena catastrófica.

Levantei-me para pedir desculpas e tentar me redimir do meu terrível erro, quando me deparo com a mulher mais linda que já tinha visto.

Ela não era alta, era mediana, cabelos claros presos em um coque malfeito onde se viam fios soltos voando pelo ar, os olhos castanho-claros mais fortes e brilhantes que eu já vi. Um olhar delicado, um sorriso tímido que deixava um suspense no ar.

A moça era simples em sua camisa branca, agora suja de café, *erro meu*, calça preta e um terninho preto, bem básico. Mas mesmo tão simples, ela me passava uma sensação diferente. Meu corpo tremia por dentro.

Para com isso, senão ela vai perceber seu nervosismo, pensei. Porém meu corpo não conseguia se conter.

Aquele cheiro, ah que cheiro! Era um perfume extremamente marcante... Não era nada exagerado, mas era intenso e delicado. Aquele aroma ficou gravado em mim. Sabia que, se sentisse novamente, a encontraria.

– Me desculpa por isso!

E tentei consertar meu erro, porém sem êxito. Ela não aceitou e, como estava atrasado, precisei correr.

Tive um dia difícil, muitos problemas para resolver na empresa e minha cabeça estava quente.

Dias depois, após resolver os problemas que estavam me incomodando, uns amigos me chamaram para irmos almoçar num restaurante ali por perto.

– Paul, nós vamos almoçar naquele restaurante que você gosta. Quer ir com a gente?

Como já estava na hora e eu sentia fome, resolvi aceitar.

Estávamos conversando e comendo quando de repente senti aquele cheiro novamente. Meu coração começou a bater muito rápido. Como podia uma mulher fazer isso comigo? Já conheci tantas mulheres que, no fim das contas, não eram o que eu esperava. Me decepcionei tantas vezes que era difícil contar. E, ainda assim, lá estava eu, com o coração acelerado por uma mulher que eu nem ao menos conhecia.

Um sentimento pulsava em meu ser, um sentimento que eu não sentira por ninguém. Era algo diferente de tudo que já tinha vivido em toda a minha vida.

Enquanto meus amigos estavam se gabando de suas experiências e dotes com as mulheres, me virei na tentativa de encontrar a dona daquele cheiro maravilhoso.

Em uma mesa num canto do restaurante, lá estava ela, mais linda ainda do que na primeira vez que a vi, sentada numa mesa com uma menininha à sua frente.

Será que ela é casada?
Será que meus pensamentos estão tão loucos assim?
E por que Deus deixaria que eu tivesse esses sentimentos por alguém casada?

Muitos foram os pensamentos que vieram à minha mente.

Queria ir lá, falar com ela, mas a dúvida brotou dentro de mim. Fiquei por alguns instantes entre ir e não ir, minhas pernas tremiam, minha mão gelava, até que resolvi me arriscar, afinal não era sempre que isso acontecia comigo.

Eu precisava me certificar de que meus sentimentos eram verdadeiros e aquela era uma mulher especial. Me levantei e fui em direção à mesa dela, e como num impulso, comecei a admirá-la ainda mais.

Admirei os cabelos soltos atrás, preso apenas pela franja e umas mechas, uma roupa simples, mas tão elegante! Como ela estava linda! Pensava eu, suspirando sozinho.

Fui chegando perto e chamei sua atenção me desculpando pelo ocorrido na tentativa de puxar conversa com aquela tão linda mulher que fazia meu coração pulsar mais rápido.

– Oi, tudo bem?

Ela parecia também estar meio nervosa. Não sabia se gostando ou com raiva da minha mancada de outro dia.

Continuei:

– A mancha de café saiu da sua roupa?

– Oi... saiu, sim.

Nesse momento fomos interrompidos pela menina que estava com ela.

– Mamãe, tô com fome.

Tentando continuar conversando sem parecer um completo idiota, aproveitei que a menina falava e já perguntei:

– Ela é sua filha?

– Sim, essa é a Zoe, minha princesa.

Comecei a conversar e então me lembrei do significado do nome dela.

– Olá, Zoe, que nome lindo você tem. Sabe o significado do seu nome?

Ela balançou a cabeça dizendo que não. Daí aproveitei e prossegui:

– Zoe significa vida. E com certeza descreve muito bem você. O meu nome é Paul, prazer em te conhecer.

Levantei minha mão para pegar na da menina meio brincando e rindo pra tentar descontrair um pouco. Nesse instante, aproveitei e fui puxar assunto com ela.

– Prazer em te conhecer.

Peguei a mão dela e senti novamente meu coração pulsar descompassado.

– Prazer, Paul, meu nome é Sarah.

Já quis logo fazer a pergunta que não calava dentro da minha cabeça.

– Você é casada?

Perguntei com receio de ela falar que sim.

– Fui. Meu marido faleceu há pouco mais de um ano.

Estava feliz de a resposta ser a de que ela não era casada, mas com certa vergonha da resposta dela. Tentei de tudo não parecer bobo nem insensível, porém estava ficando cada vez mais difícil de isso não acontecer.

– Me desculpe, acho que fui indelicado.

Já não sabia onde enfiar minha cara.

– Tudo bem, um dia isso ia acabar acontecendo.

Estava tão envergonhado com a cena, mas feliz de saber que ela estava livre, que nem percebi o que ela estava falando ainda, meus pensamentos vagavam naqueles lindos olhos castanho-claros.

Nessa hora percebi que meus amigos estavam me chamando para ir embora. Fui me desculpando meio sem graça e daí me lembrei de que eu não saberia quando a veria novamente. Precisava fazer alguma coisa.

Mas o quê? Pense, Paul, pense... Ah, meu cartão com meu número!

– Preciso ir agora, mas toma meu cartão com meu número, caso eu não estiver sendo inconveniente e você quiser sair comigo, pra tomar um café, bater papo. Aguardarei ansioso.

Já não tinha mais cara, então, nem esperei muito a reação dela e já fui andando. Minha ansiedade era tamanha que não conseguia controlar meus impulsos. Minha vontade era que ela me ligasse naquele momento, mas não aconteceu.

A imagem daquela mulher sorrindo tomou conta dos meus pensamentos pelas semanas que se seguiram.

Pensei comigo: *Deus sabe o que faz. Se ela não ligar, é porque não é pra ser. Que Deus me ajude a fazer tudo certo desta vez.*

Fiquei aguardando sua ligação, porém não aconteceu nas semanas que se sucederam. Pensei que talvez não fosse a vontade de Deus.

Como nas semanas seguintes tive muito trabalho, acabei por não ficar pensando bobeira.

Quase um mês depois, na semana do Natal, eu estava em casa. Depois de um dia cansativo, fui tomar meu banho. Quando saí, percebi que tinha recebido uma ligação desconhecida, inesperada.

Acabei por retornar assim que coloquei minha roupa, mais por curiosidade, pois não conhecia aquele número.

Uma menina atendeu:

– Alô, quem é?

– Alô, sou o Paul, e você?

– Sou a Zoe.

Quando ela falou o nome, meu coração se alegrou muito. Tinha recebido uma ligação mais que especial.

Nesse momento, escutei uma voz no fundo, perguntando para Zoe quem era, e logo ela respondeu:

– É seu amigo do restaurante, mamãe.

Ela ainda se lembrava de mim.

– Alô.

Ela falou, aquela voz tão linda e inconfundível.

– Oi, estranha, como vai?

Disse, brincando, mas muito feliz de receber a ligação dela.

– Oi, estou bem.

Já ia se desculpando de ligar em horário inoportuno, preocupada de estar atrapalhando, e interrompi:

– Ei, ei! Você não me incomoda nunca, eu não atendi porque estava tomando banho e não ouvi o celular tocar. Só por isso. Aliás, fiquei muito feliz de receber sua ligação. Achei que não iria me ligar, já estava desistindo de esperar.

Eu ria, mas de nervoso, por receber a ligação dela. A estranha deu uma desculpa de que com criança, ela se perdera no tempo e me questionou sobre eu já não querer mais jantar com ela.

Imagina, eu? Estava ansioso aguardando esse momento. Ela ainda acha que eu não queria? Ela falara que sua vida era chata e logo eu desistiria. Ri baixinho, pois mal sabia ela como eu ansiava por isso.

Disse a ela que iria provar que não seria chato.

Sarah então me convidou para jantar em sua casa às 7 horas. Imediatamente aceitei e já pedi o endereço. Passei no mercado e comprei suco de uva, pois a Zoe tinha pedido e fui.

Começamos a conversar e Zoe, toda feliz com o suco, agradeceu, a pedido de sua mãe. Falei de estar feliz de participar de um Natal, pois nos Estados Unidos, passávamos toda família reunida e desde que vim ao Japão, não tinha isso, ainda mais por ser o único da família a ir morar num país não cristão.

Sarah então me perguntou se eu era cristão.

– Sim, sou evangélico, apesar de não frequentar igreja desde que cheguei, por não encontrar uma e estar trabalhando muito, sinto muito a falta de congregar. Mesmo assistindo a alguns cultos on-line, não é a mesma coisa.

Então ela me convidou para ir à sua igreja e já falou que também era evangélica. Isso me deixou muito feliz, pois eu gostara muito dela e professar a mesma fé era muito especial.

Sentei-me no sofá e fiquei observando uma foto que estava na sala; uma foto das duas com um homem, elegante e sorridente.

Ouvi o chamado para jantar, mas meus pensamentos estavam ali, naquela foto. Eles pareciam tão felizes.

– Ele era seu marido?

Sarah acenou que sim. Falou que ele era muito bom, a fazia muito feliz. E enquanto falava sobre o quanto aprendeu com ele, lágrimas começaram a escorrer de seus olhos. Cheguei perto dela e comecei a enxugar, porém o que eu queria era arrancar a dor de seu coração naquele momento.

– Não precisa chorar, Sarah. Você merece toda felicidade do mundo.

E assim, entre conversas, fomos jantar. Após um jantar delicioso, Zoe cansou e então a Sarah a levou para dormir.

Quando voltou, disse que ela tinha dormido, que estava muito cansada.

– Gostei muito da Zoe.

Percebi certo ciúme no comentário e então falei:

– Gosto da mãe dela também.

Vi um sorriso lindo estampado no rosto de Sarah.

Aquele momento estava sendo tão especial para mim. Peguei as suas mãos e comecei a acariciar, percebendo que estava sendo correspondido. Fui chegando mais perto e Sarah deitou a sua cabeça no meu ombro; deixei ela assim, aproveitando esse tempo, para sentir seu cheiro, seu perfume e sussurrei no seu ouvido:

– Acho que estou me apaixonando por você.

O corpo dela parece ter sentido todo o sentimento das minhas palavras, pois seu coração palpitava e nas batidas aceleradas meu coração também começou a acelerar. Segurei sua cabeça bem devagar, chegando seu rosto bem junto do meu. Podia sentir a sua respiração.

Ouvia seus suspiros e isso me levou ao ápice naquele momento. Então nossos lábios se encontraram e o beijo era iminente naquele instante.

Abracei Sarah e fui correspondido. Foi o beijo mais gostoso que já tinha dado e recebido. Porém, ela acreditava que não poderia fazer isso, pois estava traindo seu falecido marido. Ela em prantos, acreditando estar traindo-o. Peguei pelas mãos e sentei-a no sofá, comecei a acariciar seus cabelos e enxugar suas lágrimas na tentativa de acalmá-la. Percebi que teria uma batalha pela frente, se quisesse ter aquela mulher.

Na véspera de Natal passaria com Sarah e Zoe, então passei em uma joalheria. Queria comprar um lindo presente para a Sarah.

Fiquei olhando tanta coisa e demorei para encontrar uma joia que fosse a cara dela. Depois fui comprar alguma comida num restaurante que eu gostava muito. Tivemos uma tarde espetacular com brincadeiras e muitas risadas.

Sarah me fez muitas perguntas, sobre mim, meu emprego, inclusive sobre a quantidade de mulheres que estavam a fim de mim; parecia meio enciumada. Aproveitei e disse:

– Até tem muitas mulheres bonitas e jovens, mas eu gosto apenas de duas.

Sarah ficou sem entender. Mas com certeza era ela e Zoe. Ela pareceu feliz com a resposta, e eu aliviado de poder dizer a ela de quem realmente gostava.

– Vocês duas são muito importantes em minha vida. Deus está me dando uma oportunidade única de ser feliz.

No fim da noite, depois do jantar, ela foi pôr a filha para dormir e então aproveitei e fui lavar a louça para ela, afinal ela já tinha feito tanto.

Quando ela me viu, ficou com vergonha e não queria me deixar terminar, mas acabei convencendo-a. Depois ficamos sentados no sofá conversando muito, e quando passava de meia-noite ela pegou o presente que comprei para ela e abriu ansiosa. Ficou espantada.

– Não foi nada fácil encontrar algo tão delicado como você. E depois de saber que a esmeralda significava amor incondicional e confiança, justamente o meu sentimento por você, decidi que deveria trazê-lo.

Era exatamente o que eu sentia por ela. Eu queria amá-la e cuidar dela assim como Cristo amou a igreja. Quando ela leu meu cartão, ficou meio confusa, até porque a pedi em namoro. Ela achou que poderia ser cedo.

– Calma, Sarah, não é um pedido de casamento ainda! Estou te pedindo em namoro.

Felizmente ela aceitou. Após isso, ela deitou sua cabeça em meu colo e fiquei acariciando seus cabelos até que pegou no sono. Fiquei observando-a por um tempo, admirando o quanto ela era linda.

Depois a deitei no sofá, subi, peguei um cobertor, no quarto vazio que encontrei lá em cima, cobri Sarah, dei um beijo em seu rosto e fui embora, deixando que elas descansassem.

No dia seguinte, liguei pra ela, que me agradeceu pelo carinho.

Ela perguntou se eu iria jantar com elas e então brinquei um pouco dizendo que não.

– Não, não vou ir jantar aí hoje.

Ela pareceu decepcionada com a resposta.

Não vou jantar aí hoje, porque eu vou levá-las para jantar fora.

Curiosa, ela queria saber onde.

– Surpresa! Espera pra ver, Sarah.

Cheguei na hora combinada, e ao abrir a porta me deparei com a mulher mais exuberante do mundo. Sarah estava deslumbrante num vestido na cor vinho abaixo do joelho com detalhes na cintura, um *scarpin* preto, o colar que eu dei a ela e o perfume delicioso que marcou nosso encontro.

Zoe ficou enciumada, então falei o quanto ela estava linda também e quantos meninos iriam ficar paquerando-a no restaurante. Seguimos para um restaurante italiano que eu amava e já tinha reservado nossos lugares. Zoe pediu molho a *bolognesi*, o qual a fez se sujar muito, mas que ela adorou.

Comemos e tomamos suco de uva, por causa da Zoe. E enquanto saboreávamos um *tiramisù*, decidi que deveria falar com ela sobre a minha ida aos Estados Unidos por tempo indeterminado. Ela abaixou a cabeça e não disse nada por um tempo. Fiquei desesperado para ouvi-la dizer alguma coisa.

– Diz alguma coisa, Sarah. Qualquer coisa!

Ela falou sobre termos acabado de iniciar o namoro e sobre eu encontrar outra pessoa por lá. Imagina, eu querer outra pessoa? Nem sonhando!

– A mais linda, inteligente, do sorriso mais lindo, está aqui, bem aqui do meu lado. Não desejo nem em sonho outra mulher!

Falei em seguida:

– Me perdoa! Eu não queria ir, até falei para eles que só vou após o Ano-novo, pois não quero deixar vocês sozinhas na virada de ano.

Ela se queixou, mas disse que ficaria bem e que se fosse necessário, passaria com o pessoal da igreja. *Imagina! Eu nem queria viajar, acha que vou deixá-la aqui?* Ela triste, acrescentou:

– É por isso que eu não queria me apaixonar, no final sou eu quem sofro.

Aquelas palavras me abalaram muito e logo respondi:

– Eu também estou sofrendo, amor, mas preciso confiar que Deus tem algo especial para nós. Eu preciso que você confie em Deus e permaneça forte como sempre foi. O Senhor sempre nos surpreende e creio que Ele tem um futuro excelente para nós.

Sarah respondeu que tudo bem. Abracei minha namorada tão forte que tive medo de machucá-la. Minha vontade era de não soltá-la nunca mais.

Meu coração doía só em pensar que ficaria longe dela por tempo indeterminado. Então lágrimas começaram a escorrer dos meus olhos.

Quando ela percebeu, as enxugou e, espontaneamente, peguei suas mãos que estavam enxugando meus olhos e as beijei. A reação dela me surpreendeu, quando pegou meu rosto e me beijou.

Ah, que beijo gostoso!, pensava, sem a mínima vontade de parar. Envolvi Sarah em meus braços e a puxei para bem pertinho de mim, por um momento, apenas naquele momento, éramos nós dois e ninguém mais. Éramos um só e o sonho de que durasse para sempre.

Alguns dias depois seria o culto de ação de graças na igreja da Sarah e ela me chamou para ir, até porque precisava me apresentar ao pastor dela.

Fiquei orando durante os dias que se passaram para que Deus confirmasse todas as coisas. Eu não queria sair do centro da vontade de Deus.

Fomos ao culto e percebi que Sarah se preocupava com o que iam dizer. Fiquei orando em espírito, a fim de que o Senhor a acalmasse e a ajudasse a se manter firme naquele momento.

Após o culto e a comemoração, fomos até a sala pastoral e o que me deixou mais feliz foi o pastor dizer que o Senhor já tinha falado com ele e que tudo se confirmaria. Sarah falou do nosso namoro e o pastor nos abençoou, após dizer que não poderia ir contra os planos do Senhor.

Enfim, foi maravilhoso ver o agir de Deus, e isso me acalmou bastante. Mesmo ele dizendo que passaríamos por provações, eu sabia que, se Deus estava conosco, tudo daria certo.

O último dia do ano como já havia combinado passaríamos juntos.

Eu queria deixar com ela um presente que marcasse aquele dia e fui a uma joalheria à procura do presente perfeito. Analisei um, dois, dez... Enfim, olhei muitas joias e me deparei com um anel lindo, em ouro, cravejado de diamantes e uma esmeralda bem no centro. Logo pensei: *Perfeito! O anel para marcar um compromisso entre nós dois com a delicadeza que ela merece!*

Aproveitei e comprei um urso de pelúcia com dizeres de recordação para Zoe e comida para que Sarah não precisasse cozinhar. Mandei mensagens e avisei que não precisava fazer nada, pois eu levaria tudo pronto.

Como ela pediu, não toquei a campainha e entrei. Zoe me viu e saiu correndo, pulando em meu colo. Larguei as sacolas todas no chão e começamos a brincar ali mesmo, de aviãozinho, carrinho, trenzinho, de tudo! Percebi que Sarah estava nos observando, a chamei para a brincadeira e nós três ficamos ali, por horas.

Assim que cansamos, dei a Zoe seu presente, que abriu logo e, ao ver o que era, me deu um forte abraço e agradeceu.

– Zoe, este presente é para você não se esquecer de mim.

A menininha confessou que ficaria com o urso por onde fosse. Não poderia deixar de entregar para Sarah também. Peguei a caixinha e me ajoelhei na sua frente, ela, então, ficou pálida. Pensei até que passaria mal.

Com coragem, pedi:

– Meu amor, eu sei que meus dias não serão os mesmos longe de você. Não sei por quanto tempo terei que ficar longe, mas de uma coisa eu tenho certeza: eu te amo e gostaria de passar todos eles, assim que retornar, ao seu lado. Sei que talvez seja rápido, mas aceite esse anel como símbolo do meu amor e compromisso contigo.

Abri a caixa e mostrei o anel para ela. Sarah ficou um tempo sem reação, mas logo aceitou e eu coloquei o anel em seu dedo. Ficou perfeito.

Almoçamos juntos, compartilhando experiências. Num certo momento, perguntei sobre o que acontera com seu ex-marido.

Ela engoliu em seco, tentou se esquivar.

– Se não estiver pronta, eu espero.

Mas acabou me contando o quanto o amava, o quanto ele era especial para ela e como a Zoe se parecia com ele. Falou também do terrível acidente fatal que tirou a sua vida e como ela ficara depois disso.

Me senti acuado, sem rumo.

Sarah sofreu tanto e eu ainda tinha que mexer nessa ferida, que, aparentemente, não tinha se curado. Imagino como deve ter sido doloroso para ela tudo aquilo e ainda com uma menininha tão pequena, frágil e que necessitava dela cem por cento. A cada lágrima dela, eu enxugava, tentando consolá-la, porém, a dor que emanava de sua alma era maior do que as lágrimas. Ela falou de quando nos encontramos e da sensação de traição que sentia, inclusive naquele momento, sentia que o estava traindo. Pediu que tivesse paciência e a ajudasse a superar tudo aquilo.

– Jamais desistirei de você, Sarah. Te agradeço por abrir seu coração a mim e por mim hoje. Prometo que farei o que estiver ao meu alcance para te fazer a mulher mais feliz do mundo e te protegerei do que vier contra nós. Eu te amo como nunca amei ninguém.

Nos abraçamos, e nessa hora tentei ser o mais forte possível para ela. Sabia que não seria fácil, mas eu já a amava mais que tudo e faria tudo ao meu alcance para fazê-la feliz.

Entre abraços e beijos, ficamos assim por horas. Antes da virada, oramos, nós três, para que o Senhor nos desse força para suportar todas as tribulações e nos guardar em santidade.

Pedimos também que Ele conservasse nosso amor e que nos ajudasse em tudo. E assim foi nosso Réveillon perfeito.

Ao lado das duas mulheres mais do que especiais em minha vida.

CAPÍTULO 9

E o dia da despedida chegou. Eu jamais imaginara que ia viver uma dessas mais uma vez, diferente, mas ainda assim, uma despedida. O dia estava nublado e o frio era intenso. Por mais que me agasalhasse, o frio maior invadia meu interior. O frio da partida, da saudade, da incerteza.

O semblante, por mais que eu tentasse esconder, era triste. Saímos em direção ao aeroporto de Narita, onde Paul pegaria um voo para Nova York.

O percurso era longo, mais de três horas de viagem, e mesmo Paul tentando aliviar a tensão, era difícil imaginar que em pouco tempo estaríamos separados por um oceano. Zoe era a mais tagarela do carro, mal sabia ela que ficaríamos separados. Ela era tão inocente, para ela tudo era brincadeira.

Naquele dia específico, Paul estava radiante, vestindo uma camisa cinza-claro, com um botão aberto, calça azul-marinho e um blazer cinza por cima. O sorriso dele era marcante, sobretudo naquele dia, mas aparentava certo nervosismo também. Não era fácil para nenhum de nós dois aquele momento muito tenso por sinal. Chegamos ao aeroporto com bastante antecedência, para não ter problemas. Paul pegou a mala, que não era grande, e uma maleta. Caminhamos pela entrada do aeroporto, enquanto o amigo dele guardava o carro, pois fora ele que nos trouxera hoje.

No saguão do aeroporto, procuramos o número do balcão e a companhia aérea na qual ele viajaria e, depois de buscar um pouco, encontramos. Ele foi logo fazer o *check-in*.

Enquanto isso, eu e Zoe nos sentamos ali por perto, esperando-o terminar para que pudéssemos andar um pouco. Zoe estava impaciente demais, parece que não percebia a tensão que havia no ar.

Não era por menos: viemos a viagem inteira praticamente calados, só salvos quando Zoe nos provocava com suas brincadeiras e nos fazia entrar na onda dela. Eu tentava controlar Zoe ao mesmo tempo em que Paul terminava tudo e vinha em nossa direção.

Zoe saiu correndo atrás dele e deu um pulo em seu colo, dizendo com cara de aborrecida:

– Até que enfim! Eu quero comer!

Fiquei constrangida pela forma como ela falou e retruquei:

– Zoe, não é assim que se fala!

– Não tem problema nenhum, vamos! Eu também tenho fome, Zoe!

Paul saiu quase correndo com ela no colo, praticamente me deixando para trás, andando junto ao amigo dele. Paul percebeu que se distanciava e imediatamente parou e nos esperou. Eu estava tranquila, aproveitando o tempo e conversando com o amigo dele. Entramos no restaurante e Zoe logo pediu o que ela mais gostava: o tal frango frito e salada. Todos pediram seus pratos e estávamos comendo, Paul sentado à minha frente, Zoe ao meu lado com o amigo do meu namorado diante dela. Mas aquele momento estava tenso e não descia nada em minha garganta. Tomei apenas um copo de suco e Paul percebeu meu nervosismo. Ele pegou minha mão, acariciando-a com carinho; acredito que para tentar me acalmar, mas percebi que ele também estava tremendo bastante. Nossos olhares se cruzaram e ficamos ali, naquela posição por algum tempo, somente interrompidos por algum gracejo de Zoe.

Aqueles olhos azuis não estavam tão brilhantes hoje, com um certo tom de vermelho ao redor. Tive a impressão de que ele chorara ou não dormira a noite anterior. Pudera, tantas coisas para resolver e em tão pouco tempo, provavelmente ele não deve ter tido uma boa noite de sono, por isso os olhos assim tão vermelhos.

Meus pensamentos foram interrompidos por seu comentário:

– O tempo vai passar rápido, creia! Eu também preciso acreditar que sim. Nem dormi direito, orando e chorando, pedindo a Deus uma solução. A verdade é que eu não queria ir, não agora, mas não ouvi Deus falar comigo. Ele ficou em silêncio.

Paul se calou; abaixou a cabeça com lágrimas nos olhos. Não me contive e; levantei o rosto dele e acrescentei:

– Eu creio que Deus fará o melhor por nós. Tudo vai passar e nos fará crescer e amadurecer. Seja forte e corajoso, confie em Deus e nos Seus planos para nós. Estarei aqui orando por nós e aguardando ansiosamente pelo dia do nosso reencontro. Nos veremos sempre pelo FaceTime e postarei fotos e vídeos nossos nas minhas redes sociais para que você não perca nada e espero que você faça o mesmo. – Tá bom – Paul concordou, mas a voz embargou entre soluços.

Era difícil para nós dois dizer qualquer coisa nesse momento, pois as emoções estavam à flor da pele, um turbilhão de sentimentos eclodiria de nossos corações.

O amigo do Paul e a Zoe se deram muito bem e estavam mostrando tudo um ao outro enquanto andávamos pelo aeroporto, brincando e rindo muito na nossa frente. Parecia que o amigo dele era outra criança junto à Zoe.

Andávamos bem devagar de mãos dadas pelos corredores daquele imenso aeroporto, observando tudo, mesmo nervosos. Naquele percurso, havia uma lojinha de *souvenir* e Paul comprou um porta-retratos branco, com desenhos de flores de cerejeiras em toda a sua borda. Ele me entregou e, no mesmo instante, paramos em frente a um saguão, com cadeiras e algumas plantas decorando. Sentamos ali e Paul chamou Zoe para se achegar a nós.

Minha filha se sentou bem na nossa frente e Paul tirou uma foto nossa com seu celular. Aproveitou para nos comunicar:

– Eu comprei este porta-retrato para que você coloque esta foto que acabei de tirar e vou te enviar. Uma pequena lembrança nossa. Nos dias em que a falta for grande, basta olhar essa foto e estaremos próximos.

– Não me faça chorar de novo, Paul.

Meus olhos já estavam lacrimejando novamente com tudo aquilo que estava acontecendo. Naquele momento, único, Paul me abraçou. Zoe entre nós, meio que atrapalhava, mas isso não impediu de ele me dar um beijo que ficou eternizado em minhas memórias e em meu coração. Zoe fazia caretas de que era nojento, nós ríamos e ele continuou a me beijar e dizer baixinho em meu ouvido o quanto me amava e já sentia minha falta.

Logo ele nos deixou e foi para a sala de embarque. Nos vimos pela última vez através do vidro e lágrimas escorreram em nossos olhos. Zoe balançava o braço se despedindo e Paul me mandava beijos fazendo um sinal de que estava deixando o seu coração comigo. Foi tão triste e doloroso vê-lo partir, mas tentei ser forte pela Zoe, que estava preocupada me vendo chorar até soluçar.

Fomos embora. Zoe dormiu toda a volta para casa e eu, em silêncio, olhava para o céu, tentando encontrar Paul em cada avião que passava por todo o caminho. Eu precisava crer na Palavra de Deus. Precisava muito.

Tudo sofre, tudo crê, tudo espera, tudo suporta.
(1 Coríntios 13:7)

CAPÍTULO 10

Aquele mês de janeiro foi o mais longo que eu já passei. Nunca imaginara ter que passar tanto tempo longe do Paul desde que nos conhecemos. Zoe perguntava dele todos os dias; chegava a ser irritante. Mesmo tentando nos falar pelo FaceTime ou ligação, era difícil coincidir nossos horários. Quando eu estava acordada, ele estava dormindo, e vice-versa.

Paul postava fotos nas redes sociais com amigos de infância, com a família e algumas com amigas e me parecia muito feliz em todas elas. Isso me deixava mais triste ainda, por eu não estar naquelas fotos. Ele me dissera que a família estava feliz com o retorno dele e até fizeram uma festa celebrando sua chegada. As fotos mostravam todos esses momentos.

Continuei a trabalhar e cuidar da Zoe, que, com o decorrer do tempo, foi falando menos no Paul. Algumas vezes conseguíamos nos falar e pouquíssimas vezes Zoe conseguia estar acordada para conversar com ele.

Os dias passaram a ser meses e por mais que eu não quisesse pensar nisso, lá se foram doze meses desde a sua partida. Cada dia as lembranças eram menores e a dor foi passando.

As conversas não foram como antes, era como se ele não estivesse presente mentalmente quando conversávamos; ficava aéreo em muitas delas. Olhava para minha mão e, quando via o anel, me pegava lembrando do nosso voto, nosso compromisso um com o outro, que estava cada dia mais distante, não só fisicamente, mas sentimentalmente também.

Aquele Natal passamos somente a Zoe e eu em casa. Por mais que eu quisesse, não conseguia tirar Paul dos meus pensamentos. A tristeza já não doía tanto, porém ela continuava lá, sempre. Sonhei que ele estava conosco nessa data; porém era apenas um sonho, ele não estava lá.

O ano se iniciou e tudo voltou ao normal. Menos a presença dele comigo.

Paul ligou numa segunda-feira e coincidiu que eu estava acordada. Era uma ligação via FaceTime:
– Oi.
– Oi, Sarah. Como você está?
– Estou bem. Mas por que você me chamou pelo nome? Nunca falou assim comigo!
– Ah... Minha amiga Claire está aqui hoje, quero te apresentar a ela.

Ele falou, meio sem graça.
– Oi, Sarah – cumprimentou uma moça linda.

Um rosto fino, cabelos longos e loiros, olhos azuis. Era extremamente bonita, parecia uma modelo.
– Oi.

Eu estava meio sem jeito, sem graça.
– O Paul me falou de vocês, você e sua filha Zoe, né?
– Sim, engraçado, ele não me falou de você antes – retruquei, já enciumada.
Os dois se olharam e gargalharam, transpareciam uma sintonia perfeita.
Paul então disse:
– Pois é, com esse fuso horário, tá difícil poder falar com você, né?
Os dois estavam tão bem, pareciam que eram feitos um para o outro, e aquilo me deixou muito desconfortável.
– Bom, preciso ir, tenho muita coisa pra fazer antes de ir dormir, ok?
– Tudo bem, até logo. Beijos.
– Tchau.

Assim que desliguei o telefone, as lágrimas começaram a escorrer dos meus olhos. A cena dos dois juntos, rindo, compartilhando histórias, me pareceu que era a vida que ele gostava, era tudo de que ele precisava.

Naquela noite dobrei meus joelhos e orei. Na verdade, chorei toda minha dor para Deus. Só Ele sabia os significados de cada lágrima derramada. E quando abri a Bíblia para ler um pouco, mal consegui enxergar as letras, pois estava tudo embaçado pelo choro. Salmos 30:5:

"Pois a sua ira dura um instante, mas o seu favor dura a vida toda."

Me chamou atenção a parte "b" do versículo: *"o choro pode persistir uma noite, mas de manhã irrompe a alegria".*

— Como Deus poderia ainda estar me consolando, me lembrando do Seu amor por mim? Chorava cada vez mais e mais. Chorei ali até pegar no sono e só acordar na manhã seguinte.

O tempo foi passando, e com ele a certeza de que Paul estava melhor lá, sem mim. Decidi não ficar atrás dele. Não ficava ligando, tentando falar com ele. Agora eu apenas esperava suas ligações, que eram cada vez mais raras.

Optei por me dedicar mais a Deus e à minha filha. Ela já estava com quatro anos e precisava muito de mim para tudo.

O pastor me ajudava na medida em que podia me aconselhando, orientando, mas eu já decidira em meu coração que deveria deixar o tempo passar. Percebia que a moça da conversa estava cada vez mais frequente na casa de Paul, e ele parecia gostar muito de sua companhia.

Inclusive numa foto, vi-a o beijando, sim, beijando-o! E ela fez questão de marcar ele na foto, porque sabia que eu ia ver. Assim que me deparei com a imagem, meu coração doeu muito e decidi que deixaria ele seguir sua vida. Não ficaria em seu caminho, eu queria que ele fosse feliz, independentemente se comigo ou não.

Deixei aquele momento passar e alguns dias depois decidi escrever uma mensagem para ele, o libertando do nosso compromisso.

Oi, Paul! Nossas vidas se encontraram por acaso, na verdade foi por um plano maior. Me apaixonei por você, mesmo achando que não poderia acontecer isso. Nunca imaginei sentir o que sinto por ninguém, mas eu te amei como nunca amei ninguém. Nossos momentos juntos foram os mais bonitos e intensos que vivi com alguém, mas percebi que tudo mudou quando você se foi. Não sabemos quanto tempo você ficará aí e, pelo que eu tenho visto, está tremendamente melhor sem mim. Por isso, estou te deixando esta mensagem, te libertando de qualquer compromisso que outrora tínhamos. Meu amor por você te liberta. Seja feliz, meu amor. Te desejo isso do fundo do meu coração.
Com carinho, Sarah.

    Sabe aquele momento em que você se arrepende de enviar uma mensagem? Pois é, esse era o meu arrependimento. Mas dentro de mim tinha consciência de que estava fazendo a coisa certa.

    Paul tinha que viver a vida dele, feliz, ao lado de quem ele gostava, mesmo que esse alguém não fosse eu. Ele tentou me ligar algumas centenas de vezes após a mensagem, mas decidi não atender, para não me arrepender. Também o bloqueei nas minhas redes sociais para que ele não tentasse me responder por lá.

    Os dias passaram voando depois dessa mensagem. Era como se eu tivesse me libertado. Por mais que o amasse, eu não o prenderia; o amor é livre.

Para tudo há uma ocasião certa; há um tempo certo para cada propósito debaixo do céu. (Eclesiastes 3:1)

CAPÍTULO II

O tempo passou. Quatro anos desde que ele se foi. Paul tentou falar comigo várias vezes no primeiro ano, porém, com o passar do tempo, as tentativas cessaram até ele nunca mais ligar. Salvo uma mensagem que ele me enviou por e-mail, mas que eu nunca li, mais por medo de que ele tivesse concordado comigo ou me xingado pela conversa em mensagem e não cara a cara.

Era o dia do aniversário da Zoe, 10 de fevereiro. Ela completaria 7 aninhos. Quatro deles sem ver o Paul. Minha filhinha já estava tão grande, uma mocinha que frequentava a escola e muito inteligente. Fiz um pequeno bolo para ela. Assim que voltou da escola, teve uma feliz surpresa:

– Feliz aniversário, Zoe!

Toda sorridente, ela agradeceu, as soprou as velinhas e começamos a comer o bolo.

De repente Zoe soltou:

– Mamãe, eu tenho saudades dele...

– Dele quem?

– Do Paul, mamãe. Toda vez que eu olho para o ursinho que ele me deu me bate uma saudade dele!
– Minha filha, eu também tenho, mas Paul precisava viver a vida dele.
– Tá bom, mamãe...
E aquela conversa me deu uma saudade forte dele. Por algum motivo, decidi abrir meus e-mails para quem sabe me deparar com uma mensagem dele. E para minha surpresa ela estava lá, de três anos atrás. Fiquei indecisa se abria ou não. *Será que aquela mensagem me faria me arrepender de ter ignorado ele ou não?* Mesmo com dúvidas, decidi abrir, queria muito saber o que ele tinha escrito.

Oi, Sarah. Sua mensagem me deixou com muitas dúvidas. Eu queria muito ouvir isso da sua boca, por isso tentei te ligar por várias vezes, mas você tem ignorado minhas ligações. Então, vou falar por mensagem mesmo. A Claire é, sim, uma moça muito especial, mas ela é apenas uma amiga. Infelizmente, ela entendeu tudo errado e me beijou sem minha autorização e ainda postou. Fiquei muito chateado com ela por aquilo e acabamos terminando nossa amizade. Nunca foi minha intenção te ferir ou dizer que eu estava mais feliz aqui sem você. O mundo não é o mesmo pra mim sem a sua companhia. O dia que vim para cá deixei aí meu coração. E através da sua mensagem você o quebrou em um milhão de pedaços.

Eu te amo e vou te amar pra sempre, mas vou entender como sim se você não me quiser mais. Nunca vou conseguir amar alguém como eu te amo. **Sinto sua falta, a falta do seu cheiro, do seu beijo, das conversas, risadas, nossos choros, da Zoe. Tudo isso era parte de mim também e você desistiu sem me permitir aceitar ou não. Fiquei arrasado, mas vou deixar, pois a decisão foi sua. Espero que um dia isso mude.**
Abraços, Paul.

Aquelas palavras foram, para mim, um baque, um tapa na cara. Como foi que eu deixei isso acontecer? E o pior era que já se passara tanto tempo que provavelmente ele já teria mudado completamente sua vida.

Chorei como havia tempos não chorava. Aquele mês marcou minha vida de um jeito ruim. A decepção, a vergonha, a tristeza começaram a bater dentro de mim.

Já era março e tudo começou a mudar; as flores começavam a abrir. Era domingo e eu e Zoe saímos para passear um pouco, pois ela queria muito. Fomos até um parque onde havia uma pequena cachoeira, um balanço e muitas flores; flores de cerejeira.

Zoe corria pelo lugar enquanto eu me sentei para observá-la. De repente, vejo de longe um homem sentado num banquinho lá no fundo. Ele me era muito familiar, mas, como estava de costas, só era possível ver seus cabelos loiros que reluziam no sol daquela tarde. Zoe corria e parou perto dele espantada. Então ela correu e o abraçou, e ele a correspondeu. Meu coração tremeu, pois a pessoa que eu menos imaginava estava lá, agora, perto de mim.

Assim que Zoe o soltou, Paul se virou e me viu. Seu sorriso parecia feliz com minha presença, mas ficou sério depois, talvez pelo fato de eu não o responder. Fui chegando bem perto e, a cada passo que dava, o coração acelerava mais e mais.

Ao chegar bem próximo dele, ele falou:
– Oi, Sarah. Tudo bem com você?
– Oi! Tudo bem, sim. E com você?
– Estou bem.
– Quando você chegou?
– Faz uma semana.
– Ah...

Eu estava muito sem graça e envergonhada. E para piorar, Zoe comentou:
– Oi, você vai ir lá em casa, né?

Ele sem graça respondeu:
– Acho que sua mãe não ia gostar.
– Não, se você quiser ir, pode ir. A Zoe gosta muito de você.
– Ok, qualquer dia eu apareço lá.

Peguei a Zoe pela mão e me virei dando adeus, querendo sair dali o quanto antes, mas meu coração não obedecia aos meus comandos. Então eu me virei e disparei:
– Me desculpa pela mensagem e por tudo que eu fiz. Fiquei muito chateada e não queria ouvir sua desculpa. Me fechei para tudo e só vi sua mensagem no mês passado. Mas depois desse tempo todo, creio que você já refez

sua vida com alguém. Você merece. Merece ser feliz com a pessoa que você ama.

Me virei e comecei a andar, saindo de lá, quando ele, quase gritando, disse:

– A única mulher que eu amei e continuo amando é você, Sarah. Só você!

Parei. Não conseguia sair do lugar. Parecia uma estátua ali, no meio do parque.

Percebi que ele caminhava em minha direção e pelo cheiro que se aproximava, estava cada vez mais perto.

– Nunca existiu outra, Sarah! Nunca! Sempre foi você e só você na minha vida. Meu tempo lá foi para refletir sobre muitas coisas, mas, principalmente, para me fortalecer em Deus. Orei e jejuei bastante para que Deus me desse a força necessária para continuar firme na presença Dele e suportando a sua ausência. Uma ausência, que nada e nem ninguém supriu.

Nesse instante, Paul estava diante de mim, cara a cara, olhando bem dentro dos meus olhos.

– Eu vim para este parque porque estava muito triste, questionando a Deus, o porquê de tudo isso estar acontecendo comigo. Logo que a Zoe me viu e veio me abraçar, era como se o próprio Deus me desse aquele abraço. Me senti amparado pelo Senhor. Ao te ver, uma faísca se acendeu dentro de mim. Eu não sei o que você quer da vida, mas eu tenho certeza, Sarah. Eu quero você!

Do modo que eu estava, permaneci. Fiquei tremendo, mas não de frio, e sim de emoção. Tudo que eu mais desejava era ter Paul ali comigo. Eu ainda me culpava pelo que aconteceu e isso me machucava bastante.

– Eu não te mereço, Paul! Fui injusta com você, e, com isso, perdi os melhores anos da minha vida ao seu lado. Você merece alguém melhor do que eu. Me perdoa!

O amor da minha vida foi se aproximando mais e mais perto, até que seu rosto encostou no meu, e ali, olhos nos olhos, ele sussurrou para mim:

– Eu te perdoo, Sarah! Na verdade, eu quem devo te pedir perdão por me deixar ser levado pela emoção e acabar te passando a informação errada com a Claire. Eu que não te mereço, Sarah!

– Não diga isso! Eu te amo, Paul.

– Eu também te amo, Sarah!

Paul me beijou com tanto carinho, como se fosse o último da vida dele. Nos abraçamos e, aos prantos, nos reconciliamos. Foi um momento de júbilo para a Zoe, que, pelo que ela contava, do jeitinho dela, orava por nós dois. A fé dela moveu o céu nesse dia.

A oração de um justo é poderosa e eficaz.
(Tiago 5:16)

CAPÍTULO 12

Passamos os melhores meses da nossa vida, após a reconciliação. Deus, com Sua infinita misericórdia, nos reaproximou e nos transformou em novas criaturas. O perdão quebra grilhões, o perdão move montanhas, o perdão derruba muros, constrói e reconstrói pontes. O amor, quando vem de Deus, flui como fonte de águas transbordantes e de grande refrigério para a alma do sedento. O amor não pode ser tratado como um simples sentimento. Quem decide é você! Decida amar! Decida perdoar!

Se perdoarem os pecados de alguém, estarão perdoados... (João 20:23)

Como eu os amei, vocês devem amar-se uns aos outros. (João 13:34)

Nunca me senti mais realizada, era um sonho se tornando realidade em minha vida.

Depois de quase um ano do seu retorno, em um dia lindo de verão, fomos convidados para o casamento de um casal de amigos da igreja e Paul ficou de nos buscar às 5 horas da tarde para a cerimônia, a qual se iniciaria às 7. Como não era longe, tinha tempo de sobra.

Na hora marcada ele chegou para nos buscar. Como a Zoe seria a florista, ela vestia um vestido até os pés, branco com detalhes em vermelho com uma tiara de flores vermelhas na cabeça, destacando ainda mais os cabelos castanhos e ondulados dela. Ela usava um delicado brinco pequeno de argola e um sapatinho dourado.

Como está linda a minha princesinha, fiquei pensando e a admirando muito.

Quando Paul me viu, suspirou e...

– Uau! Você está magnífica, meu amor!

Eu usava um vestido longo rosa-claro, justo na cintura e com detalhes na frente, um deles saía do ombro esquerdo e ia até a cintura do lado direito. Ele era sem manga e decote redondo, que dava todo charme no colar que eu usava em ouro com um coração e combinava com o brinco que eu usava.

– Obrigada, amor!

Eu estava lisonjeada com seu comentário e suspiros. Ele me abraçou e me deu um beijo apaixonado. Agora quem suspirava era eu.

– Antes de sairmos, quero te fazer um pedido, Sarah! – Paul se ajoelhou na minha frente, não importando se poderia sujar sua roupa, impecável. – Sarah, tivemos muitos momentos bons e vários ruins. Passamos por muitas provações e superamos. Deus tem nos dado forças e nos ensinado cada dia mais sobre amor e companheirismo. Não me sinto completo sem você. Passamos muito tempo longe um do outro e não quero passar nem um dia sequer sem a sua presença para alegrar meus dias. Então, Sarah, aceita se casar comigo e juntos compartilharmos nossos dias, sejam eles bons ou ruins?

Eu estava em êxtase com aquele pedido inusitado! Nem imaginava que ele fosse fazer aquela surpresa pra mim e por mim.

– Meu amor, é claro que eu aceito! Quero muito, de todo o meu coração.

Meu noivo colocou o anel em meu dedo e em seguida se levantou e me abraçou, como que agradecendo por eu aceitar. Fomos ao casamento e, para mim, foi a melhor noite que já tive.

Zoe foi a florista mais linda do mundo e estava radiante. Os planos de Deus são perfeitos e nada foge do seu controle.

Sei que podes fazer todas as coisas; nenhum dos teus planos pode ser frustrado. (Jó 42:2)

Ficamos ali, admirando cada detalhe daquele casamento. Fiquei imaginando o meu com ele.

Como Deus é maravilhoso e me presenteou com uma bênção grandíssima! Já começava a planejar o meu casamento nos meus pensamentos. De vez em quando dava uma risada baixinha, o que fazia ele me olhar, sem entender o porquê daquilo. Mal sabia Paul que em meus pensamentos já estava ficando tudo pronto para o nosso casamento. Quando acabou a cerimônia, ficamos na recepção e Zoe aproveitou cada detalhe da festa. Logo fomos embora e já comecei a combinar com Paul sobre nossa data. Estava tudo perfeito entre nós e não imaginava eu que ainda passaríamos por provações.

CAPÍTULO 13

Depois do pedido de Paul houve muita correria, pois ele não queria que demorasse muito para nos casarmos e ficarmos juntos. Contudo, mais uma batalha começou... Paul foi comunicar a decisão à sua família. Assim eu soube que eles não aprovavam nossa união, pois eu já tinha sido casada e tinha uma filha, além de ter outra nacionalidade; enfim, colocaram muitos obstáculos para que nossa união não acontecesse.

Isso o abalou muito, já que, por todo tempo em que ficou na casa dos seus pais, eles não demonstraram opiniões contrárias ao nosso relacionamento. Provavelmente pelo fato de pensarem que, depois de tanto tempo longe, nós acabaríamos desistindo e terminando, mas, como os planos de Deus são diferentes dos nossos, tudo o que passamos fez nosso amor crescer ainda mais.

– Não sei o que fazer, Sarah! Eu quero muito a bênção dos meus pais para a nossa união! Como eles podem ser contra sem ao menos te conhecer?

– Talvez essa seja uma questão que devemos resolver! Eles não me conhecem, Paul! Eu sei que Deus tem algo muito bom reservado para nós em tudo isso!

– Você é muito positiva, amor. Amo isso em você, mas conheço meus pais. Isso vai nos dar bastante trabalho.
– Eu te amo e aceito o desafio, Paul! Deus vai transformar nossa luta em bênçãos, você vai ver!
– Obrigado por ser essa mulher de fé, Sarah! Só não sei qual é o aprendizado que Deus quer que eu tenha com tudo isso.
– Você saberá no tempo certo. Tenho certeza!

Ver Paul triste daquele jeito me partia o coração. Eu o amava muito e sabia que ele era muito apegado aos pais, e também entendia que a bênção deles era essencial para que nosso casamento fosse abençoado por Deus. Coloquei isso como primordial em minhas orações e Deus confortou meu coração quando li Sua Palavra.

Somente seja forte e corajoso! Tenha cuidado de obedecer a toda lei que meu servo Moisés ordenou a você; não se desvie dela, nem para a direita nem para a esquerda, para que você seja bem-sucedido por onde quer que andar. (Josué 1:7)

Como Deus é maravilhoso e está sempre falando conosco e nos ajudando em nossos momentos mais difíceis! Eu sabia que não seria nada fácil; no entanto, quando Deus está na direção da nossa vida, Ele nos dá a força necessária para passar por tudo. Após vencer, o gostinho da vitória é bem melhor.

Paul convidou seus pais para ficarem uns dias conosco para nos conhecermos melhor. Depois de muita insistência e esforço, eles aceitaram vir, com a desculpa de que queriam conhecer o Japão.

Os pais de Paul eram bem-sucedidos financeiramente e tinham uma vida muito boa em Nova York. O sonho deles era que Paul se casasse com uma moça de lá, com a vida estável, de mesma posição social que eles, e que vivessem por lá. Entretanto, em vez disso, Paul se apaixonou por uma brasileira, morando no Japão, recém-viúva e com uma filha pequena para cuidar. Já não bastasse isso, a posição social também era bem diferente da deles.

Eu amava muito Paul, mas em meu coração já tinha decidido que teria que ser tudo na vontade de Deus e com a aprovação dos seus pais. Se, mesmo nos conhecendo, eles ainda assim não nos aprovassem, eu iria aceitar como resposta do Senhor para deixá-lo livre para viver um outro amor; por mais duro e difícil que fosse para mim.

Os dias que se seguiram foram bem tensos para nós dois, pois não sabíamos o que aconteceria com a chegada dos seus pais.

Orávamos com muita frequência juntos, e também a sós em nossas casas, para que Deus agisse em nosso favor se essa fosse vontade Dele para nossa vida.

Chegou o dia e Paul foi buscar seus pais no aeroporto, porém eu fiquei com a Zoe preparando o apartamento dele para recebê-los. Eles queriam se hospedar em um hotel, mas Paul convenceu-os a ficar em seu apartamento, pois teriam mais tempo para conversar e ficar juntos.

Deixei o quarto de hóspedes pronto, com lençóis limpos, toalhas. Tudo o que precisassem fiz questão de arrumar.

Assim que eles desceram e Paul os recebeu e me mandou uma mensagem avisando que estavam a caminho de casa. Comecei a ficar bem tensa com a notícia, pois não queria decepcionar meu amor, mas não ia aguentar desaforo também, pois só Deus sabe o que eu passei na minha vida e não queria passar por mais.

Deixei um "ok" para ele e continuei a arrumar tudo e preparar o jantar, já que eles chegariam perto do horário da janta.

Preparei uma salada verde caprichada, frango assado, fiz *misoshiro* (caldo feito com pasta de soja com verduras) e comprei alguns pratos japoneses como *sushi* e *udon* (macarrão japonês), que Paul costumava dizer que seus pais adoravam.

Arrumei a mesa como de costume, meio apreensiva. Fiz bolo de cenoura com cobertura de chocolate de sobremesa, pois era o favorito do Paul. Aproximadamente às 5 horas da tarde eles chegaram. Entraram e Zoe, com um sorriso lindo, correu para abraçar Paul. Fiquei meio nervosa com a reação dos pais dele.

– Zoe, olha os modos! Comporte-se, menina!
– Deixa ela, Sarah, minha alegria é poder abraçá-la.

Os pais dele chegaram cansados da viagem e, mesmo sérios, perceberam a forma com que Paul agia com a Zoe e comigo.

Ao soltar a Zoe, ele se aproximou de mim, me beijou e sussurrou em meu ouvido:

– Obrigado, amor, por tudo que tem feito!

Sorri, mesmo tensa, com o carinho dele.
— Sarah, estes são meus pais: senhor e senhora Jones. John e Anna Jones.
— Prazer em conhecê-los. Meu nome, como já devem saber, é Sarah, e esta é minha filha, Zoe. Ela tem 7 anos, logo completa 8.

Eles me cumprimentaram ainda meio sérios, e em um gesto pediu ao Paul para acomodá-los, para descansarem um pouco. Percebi e já avisei ao meu noivo:
— Já preparei o quarto para eles. Caso necessitem de algo mais, me avisa que dou um jeito.

Minha filha estava agitada, querendo a atenção de Paul. Precisei dar um jeito para que ficasse quieta.
— Zoe, ele precisa levar os pais para descansar um pouco. Sente-se e fique quietinha. Assim que Paul ficar livre, ele vem brincar com você, ok?
— Tá bom, mamãe, desculpe. — Ela abaixou a cabeça, triste, e se sentou.

Fiquei chateada ao vê-la daquele jeito e me sentei com ela para brincarmos até que ele voltasse.

Ao acomodar os pais, Paul voltou para a sala onde estávamos brincando. Ele se sentou ao meu lado e Zoe correu e sentou-se em seu colo. Ficamos conversando e brincando com ela por algum tempo, até a mãe de Paul descansar um pouco e se juntar a nós.

A sra. Anna não falou praticamente nada. Apenas respondia quando era perguntada sobre algo e eu, que estava com bastante vergonha, me fechei e não consegui bater papo. Paul percebeu a minha situação e começou a conversar com sua mãe, e às vezes a Zoe aproveitava e falava algo também.

O clima era meio tenso naquela sala. Estava difícil para mim imaginar que tudo poderia acabar entre nós por causa de seus pais.

Enquanto milhões de coisas passavam pela minha cabeça, o pai dele se juntou a nós na sala, e, para tentar quebrar aquele clima ruim, chamei a todos para jantar. Nos sentamos à mesa e, antes de jantarmos, Paul pediu para fazer a oração. Com o consentimento dos seus pais e meu, ele começou:

> *Pai, te agradeço pela oportunidade que me deste em poder reunir, ao redor da minha mesa, as pessoas mais importantes que o Senhor me concedeu. Sou grato pelo amor e comunhão que me concedeste por meio deles. Sei que não mereço tanto amor, mas ainda assim o Senhor me ama e cuida de mim nos mínimos detalhes. Te peço que abençoe grandemente a minha amada Sarah, pelo cuidado em receber meus pais e em preparar esta mesa tão linda e com tanto amor para nós hoje. Que eu aprenda cada dia mais sobre ser grato. Em nome de Jesus. Amém!*

Todos nós respondemos "amém", e ainda emocionada com suas palavras, lágrimas escorriam pela minha face. Abri meus olhos, tentando disfarçadamente enxugá-los, e percebi que os pais de Paul me olhavam com certo espanto. Talvez pelo fato de perceber que nos amávamos realmente ou por ver o quanto sou emotiva. Não importava para mim o que pensavam; o que realmente importava era o que meu amor sentia por mim e, principalmente, por nosso Deus.

Os dias que sucederam não foram fáceis para nós dois, pois o sr. e sra. Jones implicavam com tudo o que concordávamos. Era difícil falar com eles sobre qual fosse o assunto. Decidi, então, me calar. Coloquei as nossas petições em minhas orações nas madrugadas. Sabia que Deus era o único que resolveria qualquer problema. As madrugadas naquela semana foram regadas a muitas lágrimas, enquanto eu orava de joelhos em minha sala.

Deus, Tu sabes que eu não posso fazer mais nada. Agora está tudo em Tuas mãos. Faça o que lhe apraz. Estou disposta a aceitar a Tua decisão, seja ela qual for. Pois sei que sempre será o melhor pra mim. Eu não consigo compreender o porquê de tanta provação, mas confio que Tu sabes o que faz. Entra com a Tua providência em nossa vida. Se não for para Te agradar, para ser bênção, então tira ele de mim. Mas, se realmente for da Tua vontade ficarmos juntos, mova céus e terra em nosso favor. E que não fiquem feridas que nos causem dores. Em nome de Jesus, amém!

Meus dias foram em silêncio e minhas madrugadas em lágrimas a Deus naquela semana. Paul percebeu que algo acontecia comigo, mas, por medo da minha resposta, nem perguntou nada. Apenas disse que estava em oração também. Dias tensos entre Paul e seus pais.

– Meu filho, eu sei que você gosta dela, mas somos bem diferentes. Entende o que digo? – Seu pai argumentava, tentando convencê-lo.

– Sei disso, pai! Mas tenho certeza de que não nos conhecemos por um acaso. Creio que Deus tem planos para nós!

– Filho, ela é viúva, com uma menina, isso é ruim aos olhos das pessoas. Como ficaremos? As pessoas vão ficar comentando, você sabe bem disso! Ela parece ser uma boa pessoa, sim, mas não para você! Lá em Nova York tem tantas mulheres lindas, jovens, solteiras e da igreja, loucas para se casarem com você!

– Mãe, eu sei que tem, mas a mulher que eu amo está aqui! Não tenho olhos para mais nenhuma! Sarah está disposta a abrir mão de nossa felicidade caso vocês dois não nos deem sua bênção! Entendem isso? Ela é uma mulher que já sofreu muito e só voltou comigo por amor! Uma mulher de oração, forte, cheia de alegria, mas que tem se retraído nesses dias por medo de mais uma decepção! Não quero magoar vocês, mas amo aquela mulher e, no fim, se continuarem com esses pensamentos, quem se magoará será eu! Sou um homem, poderia passar por cima dessas considerações e me casar com ela sem nem falar com vocês, mas isso não é certo perante Deus! Tenho crescido espiritualmente por causa de Sarah; ela me ajuda, me orienta, me cobre de orações e, o principal, me ama assim como eu a amo! Orem e peçam a resposta a Deus sobre nós e verão que Ele tem uma para nossas dúvidas.

– Tá bom, meu filho, estaremos orando e, assim que Deus nos der a direção, voltaremos a falar sobre isso.

Durante aquela semana, tentei ao máximo não demonstrar minha tristeza, porém Paul percebia; ele me conhecia melhor do que eu mesmo.

– Não se preocupe, meu amor. Deus está agindo em nosso favor! Confie Nele, Sarah!

– Eu confio que Ele fará o que for certo, mesmo que isso nos decepcione no início! Nossa vida e nosso futuro, juntos ou não, estão em Suas mãos.

Nas poucas vezes que passamos juntos naquela semana, meu coração estava tão angustiado que o sorriso era algo raro. Pensamentos longe, orando em todo instante. Me pegava chorando sem perceber. As lágrimas desciam e disfarçadamente, as enxugava. Nos últimos dias, seus pais estavam menos ariscos e até soltavam um leve sorriso para Zoe. Porém eu continuava com a mesma atitude.

Minhas madrugadas eram sempre iguais, regadas a lágrimas na presença de Deus. Jejuei por três dias seguidos a fim de que Deus me desse a força necessária para suportar qual fosse a resposta deles. E assim se foram todos os dias que eles estiveram no Japão conosco.

No penúltimo dia, Paul me ligou:

– Oi, meu amor. Tudo bem com você?

– Sim, estou bem!

Mal sabia ele que, por dentro, estava em pedaços.

– Meus pais querem conversar conosco hoje no jantar, às 7.
– Tudo bem. Estarei aí.
– Te amo, Sarah!
– Tá bom, Paul!

Naquele momento, não conseguia nem retribuir o carinho dele, tanta era a tensão que havia em mim.

O dia foi longo. Pensamentos a mil e coração disparado. No fim da tarde, me arrumei, e cuidei para que a Zoe também não fosse vestida de qualquer jeito. Às 7 horas estávamos em sua casa.

Toquei a campainha e Paul apareceu com um sorriso enorme no rosto, pegando pela minha mão e me beijando com tanto amor que era difícil não retribuir todo aquele carinho.

Entramos, e, como a Zoe estava impaciente, querendo atenção dele, Paul a pegou pela mão e seguiram juntos, conversando e indo em direção à cozinha, onde ele dizia ter algo para ela. Adentrei ainda devagar, receosa da recepção, até que sua mãe, Anna, apareceu e com um sorriso, me convidou a sentar.

Nos sentamos, e assim que Paul deu um chocolate para Zoe, ela veio até a sala e permaneceu conosco. Eu e Paul no sofá principal, e seus pais nas poltronas de frente para nós.

– Bom, como dissemos, precisamos falar com vocês dois! – iniciou a sra. Anna para nós, falando em um tom bem sério. – Ficamos esta semana em oração, pedindo a direção de Deus, pois não queríamos tomar nenhuma decisão que nos arrependêssemos depois. Observei vocês durante esses dias e uma coisa que me chocou muito foi perceber a tristeza nos dois. Vi Sarah chorando outro dia, mesmo que tentasse disfarçar, notei a dor que sentia. Paul também estava calado; o sofrimento dele não transparecia no rosto, mas em seu coração. Noite passada tive um sonho e nele via meu filho sozinho, infeliz e com lágrimas nos olhos. Quando perguntei o motivo de ele estar assim, ele apenas dizia que eu e seu pai tínhamos tirado o seu coração. No momento que olhei para o peito dele, vi-o sangrando, e no lugar do coração, um vazio. E uma voz, como nunca ouvi antes, me dizia: "Meus planos são diferentes dos seus. A história deles já está escrita por mim e grandes coisas irei realizar pelos dois, juntos". Assim que acordei, John estava de joelhos, chorando. Preocupada, perguntei para ele o que havia acontecido e ele respondeu: "Deus pediu para confiar Nele. Que Ele tem planos grandiosos para os dois, juntos". Entendi que pensávamos somente em nós e não no que Deus queria por meio de tudo isso. Pedimos perdão a vocês dois e principalmente a Deus por não compreendermos os planos Dele para a vida de vocês. Sarah, nos perdoe por te fazer chorar, por achar que não era a pessoa certa para o nosso filho! Estávamos completamente enganados sobre isso! Foi Deus quem colocou você no caminho dele e que o faz tão feliz!

Eu estava em choque com tudo que a sra. Anna dizia. Enquanto ela falava, as lágrimas desciam pelo meu rosto sem parar. Paul também estava em prantos e tentando enxugar meus olhos, em vão, pois eu voltava a chorar novamente.

– É claro que os perdoo! Se Deus, em Sua infinita misericórdia, me amou e me perdoou, sendo eu ainda tão falha, não posso fazer menos que perdoar!

– Nós os abençoamos de todo o coração, e para demonstrar nosso arrependimento pelos nossos erros, queremos dar a vocês um presente – disse o senhor John, com os olhos marejados, fitando-nos.

– Não precisa de nada não, pai, o melhor presente que vocês nos dão hoje é sua bênção!

– De forma alguma, Paul. Nós queremos abençoá-los! Não nos prive disso!

– Ok, pai!

– Queremos dar a festa de casamento de vocês, com tudo o que desejarem, lá em Nova York! A família toda estará presente, e a lua de mel vocês escolhem onde vão passar e o tempo que será. Nós daremos tudo!

– Senhor e senhora Jones, não precisa de nada disso... Até porque tem a Zoe e não tenho com quem deixá-la. Ficaremos bem aqui mesmo!

– Não se preocupe com isso, minha filha, nós cuidamos dela. Afinal, ela é nossa neta!

E olhando um para o outro, o sr. John e a sra. Anna davam risadas, agora de felicidade.

Meu coração já não estava triste. Eu chorava de alegria por ver o agir de Deus em nossa vida.

O choro pode durar uma noite, mas de manhã irrompe a alegria. (Salmos 30:5)

CAPÍTULO 14

Os preparativos para o casamento se seguiram durante o mês seguinte.

A sra. Anna estava toda empolgada e feliz por estar à frente de todos os preparativos, e eu, ansiosa, pois o dia se aproximava. Mesmo à frente, minha sogra me colocava a par e pedia sugestões para que tudo ficasse do jeito que nós desejássemos. Eu não queria nada extravagante, apenas toques simples que combinassem conosco. Então, deixei que ela fizesse do jeito que ela sonhara que fosse o casamento do filho, mas com alguns dos meus toques.

A família e amigos dele eram muitos. Me assustei quando falávamos que seriam em torno de oitenta convidados ou mais.

Precisei viajar com Paul para Nova York uma semana antes do casamento para verificar os detalhes e acomodações preparadas para nós.

Zoe estava encantada com cada detalhe da cidade e, principalmente, da casa dos pais de Paul.

— Sejam bem-vindos! — a sra. Anna nos recebeu com um lindo sorriso.

- Obrigada, senhora! Desculpe todo esse incômodo com a festa!
- Imagina, querida! É um prazer poder ajudar de alguma forma. E, por favor, não me chame de senhora, me chame de Anna!

Para minha surpresa e alegria, estávamos nos dando muito bem.

- Ok... Anna!

Rimos daquela conversa, como se já nos conhecêssemos e fôssemos amigas por anos.

Ela me acomodou numa suíte muito bem decorada e com tudo que eu poderia precisar. Zoe estava toda feliz com seu lindo quarto de bom gosto nos tons rosa-bebê com muitos brinquedos, que a deixou doida para ficar no cômodo desde que chegamos.

Anna contratou uma babá para cuidar da Zoe em todo momento enquanto nos ocupávamos com os preparativos da festa.

Estava tão cansada que entrei em meu quarto, tomei um banho bem demorado e me deitei um pouco para descansar. Quando acordei, já tinha amanhecido. Levei um susto ao lembrar que apaguei e nem ao menos coloquei Zoe para dormir.

Me levantei, coloquei uma roupa simples naquela manhã de primavera: uma calça *jeans* escura, uma camisa, escovei meus dentes, prendi meus cabelos com uma presilha, deixando algumas mechas soltas de lado, passei uma maquiagem bem natural, calcei uma sapatilha cor neutra e saí ao encontro de Zoe e Paul. Desci as escadas e lá embaixo estavam todos: Paul, Zoe e Anna brincando e se preparando para sair, numa alegria só.

– Oi, amor! Dormiu bem?

– Sim, porém dormi demais! Que vergonha! Nem coloquei minha filha pra dormir.

– Não se preocupe, Sarah, eu cuidei dela e já estamos de saída para um passeio no parque, se você não se incomodar!

– Imagina! Zoe está tão feliz – isso é o mais importante!

– Aproveite e discuta os últimos detalhes do casamento com Paul e curtam o dia maravilhoso juntos!

– Obrigada, Anna. Eu farei isso!

– Venha tomar café da manhã, amor! – Paul me levou até a mesa posta para mim.

Um banquete me recepcionava, repleto de sucos variados, pães, tortas, frutas e um cheiroso e delicioso café.

Nos sentamos ali, tomamos café e passei a ele os detalhes do casamento, que sem nenhum problema, aceitou. O olhar dele para mim, com um sorriso no canto da boca, me fazia amá-lo ainda mais do que já amava. Ele parecia querer me dizer algo apenas com o olhar.

– O que foi, Paul?

– Nada não!

Ele ria, parecendo uma criança travessa, aprontando.

– O que foi? Tenho sujeira nos meus dentes?

– Não!

Meu noivo ria agora, em alto e bom som.

– Então o que foi?

– Venha!. Tenho uma surpresa para você hoje!

– Sério?

– Sim.

Paul me conduziu ao carro para que fôssemos em direção à surpresa, preparada por ele naquele dia ensolarado – estava bem quente para uma primavera. Chegamos perto da Brooklyn Bridge e ele me convidou a descer do carro. Então pegou minha mão e, caminhando em direção à ponte, ele começou a conversar comigo:

– Te trouxe aqui, porque me traz boas memórias da minha infância.

– É realmente muito linda a vista daqui!

– Sim, daqui dá pra você ver vários pontos da cidade. Tá vendo ali? A Estátua da liberdade, ali está Manhattan Bridge. Consegue ver? – Ele apontava em direção à estátua e depois à ponte.

– Uau! Que belíssima vista, Paul!

– Venha aqui, sente-se um pouco.

Fomos a um banquinho que tinha na ponte e ele tirou do bolso uma pequena caixinha.

– Sarah, faltam poucos dias para você se tornar minha esposa e gostaria que soubesse que eu sonho com isso a minha vida inteira. Eu te amo e quero te fazer a mulher mais feliz do mundo, eu gostaria de que se lembrasse desses dias como os melhores. Queria te dar um presente especial, mas não encontrava nada que fosse a sua altura, então, minha mãe me deu uma joia de família, que é perfeita! Combina com seus olhos.

Ele abriu a caixa e tinha um belíssimo anel cravejado com uma pedra no meio, grande o suficiente para ser notada.

– Esta pedra é uma ágata laranja. Delicada e combina perfeitamente com seus olhos, meu amor! Quando peguei ele, logo o imaginei em seu dedo.
– Mas, amor, não posso aceitar esse anel! É da sua família e deve ficar nela, amor!
– Você não percebe que agora está entrando nesta família? Falta pouco para fazer parte, oficialmente, dela, minha querida!
– Estou muito emocionada, Paul! Tem certeza disso?

Eu já estava começando a chorar quando Paul me abraçou e disse sussurrando em meu ouvido:
– Toda a certeza do mundo, meu amor! Toda a certeza do mundo!
– Vamos! Reservei uma mesa para nós em um restaurante italiano maravilhoso.

Nem ao menos o tempo tinha passado e Paul já me levou para almoçar. Ele organizou este belo dia e o clima ajudou. Chegando ao restaurante, fiquei até constrangida de estar malvestida num ambiente tão chique como aquele.
– Ai, amor, é muito chique! Estou com vergonha! Se eu soubesse, viria mais bem-vestida!
– Você está linda! A mulher mais linda de toda Nova York, com certeza!
– Só você mesmo, hein, Paul?!

Ria dele enquanto entrávamos no local. Tivemos um delicioso e romântico almoço e uma tarde maravilhosa conhecendo vários pontos turísticos da cidade. Voltamos para casa à noite. Ao chegarmos, Zoe saiu correndo ao nosso encontro já nos contando o quanto se divertiu com a sua nova vovó, como ela mesma dizia. Anna esboçava um singelo sorriso de satisfação, enquanto Zoe contava.

Tivemos um jantar em família como nunca antes. Compartilhamos as aventuras do nosso dia, enquanto Anna e Zoe contavam o dia delas, no parque, depois fazendo compras e, para finalizar, um cinema com direito a refrigerante e pipoca.

Para nossa alegria, terminamos todos os preparativos dois dias antes do casamento, e no dia anterior à festa, Anna fez uma recepção para apresentar a família a mim e à Zoe. Vieram tios, avós, primos, muita gente para nos conhecer naquele dia.

Zoe se divertiu muito com tantas crianças no local.

Paul também estava todo contente, me exibindo para os primos e tios, dizendo que foi premiado na loteria, já que tinha a mulher mais linda do mundo. Eu, toda envergonhada, me sentia a mulher mais abençoada por Deus ter me enviado o homem mais encantador, divertido e sorridente que eu poderia imaginar.

A noite foi tensa. Não conseguia dormir de tanta ansiedade. Então resolvi descer até a cozinha e tomar um copo de água e tentar me acalmar. Chegando ao cômodo, dei de cara com Paul, também nervoso, andando de um lado para o outro.

– O que foi, Paul?
– Não consigo dormir. Muita ansiedade!
– Eu também não.

Ele então abriu a geladeira e pegou um pote de sorvete de chocolate e uma colher e sentou-se à mesa, me convidando também. Permaneci ao seu lado por horas, comendo sorvete e conversando, até que, então, decidimos tentar dormir, pois não poderíamos ser vistos com olheiras em nosso casamento.

Enfim consegui pegar no sono e só acordei na manhã seguinte com toda a equipe para me produzir.

O casamento era no começo da tarde. Me levantei, já com café preparado para mim na mesinha no meu quarto. Comi algumas coisas, tomei um suco e fui direto para o banho. A banheira já estava cheia com a finalidade de me deixar relaxada. Terminei o banho e coloquei um robe de seda, seguindo para a penteadeira, a fim de iniciar o cabelo e a maquiagem.

A cerimônia seria ao ar livre, à tarde, então optei por uma maquiagem leve, um vestido tomara que caia na cor gelo, sem muitos babados e com uma calda simples. Zoe entraria como minha dama de honra toda de branco, com uma tiara de flores na cor champanhe na cabeça, deixando-a mais linda do que já era. No momento da entrada, John decidiu me acompanhar, já que eu não teria o meu pai, pois já havia falecido fazia anos.

A marcha nupcial começou a tocar, e eu caminhava em direção à porta no mesmo instante em que dois homens abriram a porta para que eu saísse com meu sogro. Eu o vi lá na frente, me esperando. Paul!
Como ele conseguiu ficar ainda mais lindo!

Paul estava com trajes em tons cinza-claro, os cabelos bem-arrumados e que brilhavam com a luz do sol refletida, o que fazia também resplandecer ainda mais seu sorriso nervoso. Assim que ele me viu, começou a chorar! Ele se emocionou tanto que seus pais, também comovidos, começaram a chorar, como eu nunca tinha visto. Assim que John abraçou o filho, disse a ele baixinho:

– Filho, faça essa mulher feliz. Ela merece, hein?!

Meu quase esposo balançou a cabeça positivamente e com um sorriso de tanta alegria.

Paul pegou minha mão e deu um beijo delicado. Continuamos andando até o altar, onde estava o pastor nos esperando. O pastor celebrou o casamento, enquanto eu via lágrimas em todas as faces, inclusive na de Paul e na de seus pais. A cerimônia foi cheia da presença de Deus.

E, enfim, quando ele disse que poderíamos nos beijar, Paul não se conteve e me deu o beijo mais longo e gostoso que ele poderia me dar. Era um beijo de saudade, de alegria, de sonho realizado, de bênçãos de Deus. Após a cerimônia, todos foram para a recepção que não ficou a desejar, com tudo preparado por Anna, mas com meus toques pessoais.

Como é bom esperar no Senhor!

Espero no Senhor com todo o meu ser e na sua palavra ponho a minha confiança. (Salmos 130:5)

Ao homem pertencem os planos do coração, mas do Senhor vem a resposta da língua. (Provérbios 16:1)

Muitos são os planos no coração do homem, mas o que prevalece é o propósito do Senhor. (Provérbios 19:21)

Tivemos uma lua de mel inesquecível, viajando num cruzeiro por vários países, e, quando retornamos, ainda tivemos a surpresa de que tinha um bebê a caminho. A felicidade foi geral e em oração agradecemos a Deus por todas as bênçãos recebidas Dele.

Fomos tão abençoados que resolvemos fazer alguns cursos de missões e pelo menos uma vez ao ano íamos a determinados países verificar os trabalhos realizados por lá. A cada viagem missionária nosso coração se sentia mais grato a Deus por nossa vida, sobretudo como casal, como família.

Nossa história impactou centenas de vidas, pois a compartilhávamos para que casais fossem restaurados, vidas libertas e almas se rendessem ao Senhor. E então entendemos o porquê de Deus nos permitiu passar por tudo aquilo.

Os propósitos de Deus são perfeitos quando duas vidas estão em um único propósito.

fonte
Calluna

@novoseculoeditora
nas redes sociais

gruponovoseculo.com.br